文 庫

刑事の肖像

西村京太郎警察小説傑作選

西 村 京 太 郎

徳 間 書 店

目次

夜の牙《きば》

1

新任刑事として、三井刑事が西口署へ回されて来た時、捜査一課長の佐々木警部は、一つの危惧《きぐ》を持った。

刑事になるためには、警察学校で約一年の一般教養を身につけたあと、各派出所で二、三年勤務したあと、自ら刑事部門への希望をいい、署長の推薦があって、はじめて刑事になることが出来る。

だから、三井の成績も優秀だった。

佐々木の危惧は、別のところにあった。それを、相手にどう説明していいか迷った。

「まあ、坐《すわ》りたまえ」

と、二十六歳の若い刑事に、椅子《いす》をすすめた。

現代の若者らしく、長い脚を持て余すように腰を下した三井刑事は、緊張した顔で、これから上司になる佐々木を見つめた。

「君は、学校の成績も優秀だし、推薦状にも、立派な青年だと書いてある」

「ありがとうございます」

「ただ一つだけ、君について心配なことがある」

「何でしょうか?」

「君は、なぜ、この西口署に回されたか知っているかね?」

「ここのベテラン刑事が、銀行強盗事件の際、殉職され、欠員が一人出来たので、私が回されたと聞いて来ましたが」

「その通りだ。今井というベテラン刑事が、二週間前に、殉職した。この近くの銀行にピストル強盗が入ったのを逮捕しに行って、相手に射たれて死んだんだ。なぜ、死んだかわかるかね?」

「いえ」

「犯人は、二十一歳の若い男で、今井刑事の亡くなった一人息子に顔立ちが似ていたんだ。今井刑事ほどのベテランも、拳銃《けんじゅう》を構えたとき、感傷のとりこになってしまった。一瞬、引金をひくのをためらった。それで、相手に射たれてしまったんだよ」

「それと、私と、どんな関係があるんでしょうか?」

「君の推薦状によると、派出所勤務時代、近所の主婦や子供たちから、優しい警官として人気があったと書いてある」

「私は、公僕としての心得を実行してきた積りですが」

「それはわかっている。だがね。ここは、派出所じゃないんだ。捜査一課だ。君が、これから相手にするのは、おばさん連中や子供たちではなくて、殺人犯人なんだ」

「それは、わかっています」

「頭でわかっているだけじゃ駄目だ。ここでは、優しさが、命取りになる。相手が拳銃を持っていたら、君が先に射たなければ、君が死ぬんだ。もちろん、無闇《むやみ》に発砲するのはいかん。しかし、相手が射とうとしたら射て。君に、それが出来るかね?」

「出来ると思います」

「君は、罪を憎んで人を憎まずという言葉をどう思うね」

「いい言葉だと思いますが――?」

「それじゃあ駄目だ。あんなタワ言は、忘れるんだ。われわれ刑事は、犯人を憎まなきゃいかん。人殺しを憎む。そして逮捕する。そこに、甘い感傷の入り込む余地はないんだ」

佐々木は、厳しい眼で、若い三井刑事を見つめてから、

「おい。ヤスさん」

と、ベテランの安田刑事を呼んだ。

「今日から、この三井刑事と組んでくれ。君に何をして貰《もら》いたいか、わかっているな？」

「わかっています」と、安田刑事は、ニヤッと笑って見せた。

「この坊やを、若死にさせないようにすればいいんでしょう」

2

自分に与えられた机に腰を下すと、三井は、不満そうに、安田刑事を見て、

「課長がいわれたことですが――」

「人を憎んで罪を憎まずということかい？」

安田刑事は、ニヤニヤ笑いながら、自分がコンビを組むことになった若者を見た。世の中の正義を、自分一人で背負って立っているような顔をしている。きっと、生真《きま》面目《じめ》で、今どきの青年には珍しい優しさを持っているのだろう。だが、刑事という商

売は、人のいい若者は、早死にしがちだ。

「僕は、あの言葉は正しいと信じています」

と、三井は、頑固にいった。

「どんな犯人にだって、犯罪を犯す動機があるはずです。その動機を無視するというのは、人間的じゃないという気がします」

「人間的ねえ」

「刑事だって人間でしょう？　それがおかしいですか？」

「そうむきになりなさんな。確かに、刑事だって、犯人だって人間だ。だがね。この窓から外を見てみろ」

安田は、背後の窓ガラスを乱暴に開け放った。とたんに、盛り場の喧騒《けんそう》が、部屋に飛び込んできた。すでに夕闇が立ちこめ、ネオンが、匂《にお》うような鮮やかな色彩を見せていた。

「この管内じゃ、二日に一回の割りで、殺人か強盗事件が起きている。全部とはいわないが大半の動機は金だ。金のために人を殺すんだ。大金をつかんで、遊びたいために、平気で殺すのさ。そんな犯人を前に、お前さんは、罪を憎んで人を憎まずなんて、悠長なことをいってたら、課長のいう通り、間違いなく若死にするね。中には、人を殺すのを楽しみにしてる奴だっている。そんな奴を前にしたときには、遠慮なく、向うより先に射つんだ。迷っていたら、こっちが殺されるからな」

「あなたのいわれることが、わからないわけじゃありませんが、しかし――」

「おれも頑固だが、お前さんも頑固だな。だが、その中《うち》に、自分の考えの甘さが、骨身にしみてわかってくるさ。ただし、死んでわかったんじゃあ、どうしようもないから、それまでは、おれが、親鳥がヒナ鳥をかばうように守ってやる。だから、事件になったら、おれから離れるんじゃないぞ」

「僕は、自分のことぐらい自分で守れますよ」

と、三井刑事がいった時、けたたましく、課長の机の上の電話が鳴った。

受話器をつかんだ佐々木の顔が緊張する。受け応えしながら、部屋を見廻《みまわ》した。今、出動できる人間は、安田刑事以外には、新米の三井刑事しかいなかった。

「ヤスさん。殺人《ころし》事件だ」

と、佐々木は、電話を切ってから、安田刑事にいった。

「場所は、温泉マークの『みよし』だ。すぐ行ってくれ。若い女が殺されたらしい」

「わかりました」

安田刑事は、肯《うなず》いてから、

「行こうぜ。坊や」

と、三井刑事をうながした。

二人は、部屋を飛び出した。

「坊やというのは、やめてくれませんか」

と、階段を駈《か》けおりながら、三井が、口をとがらせた。

「おれは、四十八だぜ」と、安田も、駈けおりながら、いい返した。

「そのおれから見れば、お前さんは、まだ坊やだよ」

午後七時を過ぎ、空は完全に暗くなり、ネオンは、一層、生き生きと輝いてきていた。

西口署の近くには、二つの大手のデパートを含む商店街があり、そこを入ったところが興行街、そして、そこを抜けると、ラブホテルと、ソープランドが林立している。

「みよし」は、そのラブホテルの一軒だった。

部屋数十六だから、まあ、この辺りでは中堅クラスのラブホテルといっていいだろう。

外見は、西洋の城を模倣しているのだが、小さい建物だから、まるで、努力して下品な外見にしたように見える。もっとも、ラブホテルというやつは、適当に下品な方が入りいいのだと、安田は、ラブホテルの愛用者に聞いたことがある。そんなものかも知れないなと思いながら、安田は、三井刑事を連れて中へ入った。

派出所の若い巡査が、問題の部屋の前に立っていて、安田たちを迎えた。

「みよし」の中年の女経営者が、蒼《あお》い顔で、

「うちじゃあ、こんなことは初めてですよ」

と、安田にいった。

「だが、儲《もう》かるからやめられないか」

安田は、部屋に入った。

安っぽい、王朝風をマネたベッドの上に、全裸の若い女が、死んで横たわっていた。

クーラーが、かすかな唸《うな》り声をあげている。

「こいつは、ひでえな」

と、安田は、舌打ちをした。

若く、美しい顔だちの女だった。そのほっそりした頸《くび》には、浴衣の紐《ひも》が巻きついている。

だが、安田の眉《まゆ》をひそめさせたのは、女の身体に加えられた加虐の痕《あと》だった。両方の乳房が、乳首の上のところを切り裂かれ、ざくろのように口を開けていた。血はもうかたまっていたが、それまで、多量に流れたのだろう。白いシーツが、血を吸い込んで真赤に染まっている。血の流れた痕が、白い肌に、赤黒い帯をつくっていた。

そして、毛の薄い陰部には、なぜか、コーラの空瓶が、三分の一近くまで突っ込んであった。この部屋には、冷蔵庫があり、飲物が入っているから、そこにあったコーラのびんだろう。

安田は、眼を上げた。天井が鏡になっていて、その大きな鏡が、無残な女の死体を映し出している。

「ひどいですね」

と、三井もいったが、若いだけに、陰部にコーラのびんを挿し込んだ女の全裸死体は、強い刺戟《しげき》だったらしく、声が、上ずっていた。

鑑識がやって来て、写真を撮りはじめた。

安田は、女経営者の橋本春子を、部屋の隅に引っ張って行った。

「坊や、メモを頼むぜ」

と、三井刑事にいってから、春子に向って、

「被害者《ガイシャ》は、知り合いかい？」

「名前は知りませんけど、石川マッサージの人ですよ」

春子は、両手をこすり合せながら、小さい声でいった。

「じゃあ、パンマか？」

「ええ。まあ。でも、あたしは関係ありませんよ。売春あっせんなんかで捕まるのは真っ平ですからねえ」

「でも、客に頼まれて呼んだんだろう？　え？」

「マッサージを呼んでくれといわれたから、石川マッサージに電話しただけですよ」

「まあいいさ。おれは係が違うからな。ところで、あの女を呼んだ男は、どんな奴なんだ？」

「初めて見るお客さんでしたよ。年齢は三十五、六ってとこでしょうかね。サングラ

スをかけて、薄いブルーの背広を着てました。それに白い開襟《かいきん》シャツの襟を、背広の上に出して。ちょっとみたところ、サラリーマンという感じでしたよ」

「背の高さは？」

「旦那《だんな》さんぐらいでしたよ。ただし、やせてましたけどね」

「身長一六五センチぐらい。瘦型《やせがた》と書いといてくれ」

と、安田は、三井刑事にいってから、春子に、

「他に特徴はないのかい？　頭が禿《は》げてるとか、顔に傷があったとか」

「頭は、きちんと七三《しちさん》に分けてましたよ」

「鞄《かばん》か何か持ってたかい？」

「何も持ってなかったと思うんですけどねえ」

「よし。確認するぞ。年齢三十五、六。身長一六五センチくらいの瘦型の男で、白い開襟シャツにライトブルーの背広で一見サラリーマン風。サングラスをかけ、頭髪は七三。手には鞄は持っていなかった。それで、何時頃《ごろ》やって来たんだ？」

「五時十五、六分頃でしたよ。部屋に通ってすぐ、女を呼べるかって聞くから、石川マッサージへ電話したんです」

「女が来たのは？」

「二十分ぐらいしてからですかねえ」

「石川マッサージは、このすぐ裏だろう？」

「ええ」

「いつも、そんなに時間がかかるのかい？」

「この頃、忙しいらしいんですよ。なんでも、マッサージの女の子は、いちいち本部へ帰らずに、出先から電話して、次の場所へ直行だっていうから」

「商売繁盛で結構だ。女が来たのは、五時四十分頃だな」

「ええ」

「そのあとは？」

「六時半頃でしたかね。男のお客さんだけ先に帰ったんですよ。マッサージの人はってきいたら、今、帰り仕度をしてるっていうんで、別に疑いもしなかったんですよ。料金も、ちゃんと貰ってましたしね。でも、なかなか、女の子が出て来ないんで、心配になって上ってみたら、これなんですよ」

「男の話し方は、どうだったね？　何か特徴はなかったかい？　訛《なま》りがあるとか、甲《かん》高《だか》いとか」

「普通の声で、訛りはなかったみたいですよ。早く捕えて下さいよ。こんなひどいことをする男は」

「捕えたら、汚されたシーツの洗濯代を払わせるのかい？」

と、安田は、春子をからかってから、

「おい。行こうか」

と、三井刑事にいった。

「行くって、どこへです？」

「決ってる。石川マッサージだ」

3

石川マッサージは、ラーメン屋の二階にあった。

外に設けられたむき出しの階段をあがって行くと、そこが、十坪くらいの事務所になっていた。仕事を終って帰ってきたところらしい二十五、六の女が一人、ソファーに腰を下して、疲れた顔で芸能週刊誌のページをくっていた。まだ、事件のことは知らないらしい。

「支配人は？」

と、安田がきくと、女は、面倒くさそうに、週刊誌に眼をやったまま、

「マネージャー。お客さあーん」

と、大きな声を出した。

ドアが開いて、四十歳くらいの男が出て来た。きちんと背広を着て、蝶《ちょう》ネクタイをしているのだが、やっぱり、何となく、安キャバレーの支配人という感じのする男だった。顔だって、なかなかハンサムなのだが、その男の持っている体臭とでもいうのだろう。

安田は、黙って警察手帳を、相手の鼻先に突きつけた。

とたんに、男の口元に、卑屈なお追従笑《ついしょうわら》いが浮んだ。卑屈だが、一筋縄ではいかない笑い方でもある。

「女の子には、いつも、よくいってあるんですが――」

「気を廻しなさんな。殺人《ころし》事件の捜査で来たんだ。『みよし』に行った女の名前はわ

かるかい？」

「それなら、確か、ユカリという女の子を行かせましたが」

「その子が殺されたよ」

「本当ですか？」

「嘘《うそ》いったってしょうがないだろう。その女の履歴書はあるだろうね？　ないと、労基法違反で引っ張られるぜ」

「もちろん、うちでは、女の子を採用するときには、きちんと身元を調べて、履歴書を提出させますよ」

「そいつは有難いね」

支配人は、奥から、履歴書を一枚持って来た。文具店に売っているやつに、小さな字で、きちょうめんに、住所や名前、それに職歴などが書き込んである。

「本名林田加代子、二十三歳か。ここへ来る前は、一流銀行のＯＬとはね」

「身元はしっかりしてるでしょう？」

「ああ、しっかりしてるよ。こいつは、明日から大変なことになるぜ」

「何がですか？」

「週刊誌やテレビが、ここへ、どっと押しかけて来るってことさ。一流銀行のＯＬがパンマになって、その上、真っ裸で殺されたとなりゃあ、恰好《かっこう》のニュースだからな」

「マッサージだって、立派な職業ですよ。私は、いつも、女の子たちに、自分の仕事に誇りを持てといっているんです」

「そいつはご苦労さん。ところで、林田加代子は、今日、何人目の客を『みよし』でとってたんだ？」

「三人目です」

「ここへ戻らずに、出先から電話で聞いて、次のラブホテルへ廻ってるんだそうだね？」

「ええ。ここんところ忙しいもんですから」

「今、いくらなんだい？」

「何がですか？」

「とぼけなさんなよ。客が、ここの可愛い女の子と遊ぶ代金さ」

「うちは、あくまでも健全なマッサージが――」

「おい。支配人さんよ」と、安田刑事は、調子を変えて、じろりと相手を睨《にら》んだ。

「こいつは、殺人事件《ころし》なんだぜ。売春なんてチャチな事件じゃないんだ。そこがわかってないみたいだな」

「わかりましたよ」と、支配人は、蒼い顔で、蝶ネクタイを何となく直した。

「一回二万円です。しかし、これは、あくまでも、女の子たちが勝手にやっていることで」

「こっちの質問にだけ答えりゃいいんだ。すると、彼女は、『みよし』にいった時、少なくとも四万円は持っていたことになる」

「そのお金は？」

「ハンドバッグに入ってたのは、化粧道具とコンドームのケースだけだったよ。犯人は、女を殺したうえ、金を奪って逃げたんだ。この履歴書は、借りて行くよ」

安田は、メモを取っていた三井刑事を促して、事務所を出た。週刊誌を読んでいた女は、ポカンと口を開けて、二人の刑事を見送っている。

「なぜ、一流銀行のＯＬが、パンマになんかなったんでしょうか？」

西口署に向って歩きながら、若い三井刑事は、腹立たしげにいった。

「多分、他人《ひと》の金を数えているのが馬鹿《ばか》らしくなったんだろう。そんな時、男は、手っ取り早く銀行強盗に変身し、女は、水商売に入るってわけだ」

二人が署に戻ると、鑑識も帰って来ていた。

佐々木警部が、安田に向って、

「残念ながら、犯人の指紋は検出できなかったそうだよ」

と、いった。

「きれいに拭《ふ》き取ってあったそうだ。コーラのびんからもだ」

「そうですか。かなり落ち着いた男のようですね」

「彼はどうだい？」

と、佐々木は、自分の机で、メモしてきたものを整理している三井刑事の方に、あごをしゃくって見せた。

「まだわかりません。犯人と向い合った時、どう行動するかが問題ですから」

と、安田は、慎重にいった。

林田加代子の死体は、解剖に廻された。その結果わかったことは、死因は、浴衣の紐で頸を絞められたことによる窒息死ということだった。犯人は殺したあと、両乳房を、鋭利な刃物で切り裂き、陰部にコーラの空瓶を突っ込んだことになる。なぜ、そんな残忍なことをしたのだろうか。

安田刑事が予想した通り、この事件は、二つの意味で、マスコミが飛びついた。一つは、死体に加えられた凌辱《りょうじょく》が、猟奇的だったためであり、もう一つは、殺されたパンマの前身が、一流銀行のＯＬだったためだった。

おかげで、佐々木は、半ば強引にテレビに出演させられ、大学の心理学教授や、評論家と一緒に、この事件の説明をやらされたりもした。

マスコミの関心は、もっぱら、被害者の方に向けられていた。こんな事件の場合は、仕方がないことだが、佐々木たち警察としては、あまり有難いことではない。犯人に対する関心が薄くなり、聞き込みが難しくなるからである。

その危惧は、当っていた。

安田刑事と三井刑事が、橋本春子の証言をもとにして作りあげたモンタージュ写真を持って、盛り場や、ラブホテル街を聞き込みに廻っても、何の収穫も得られなかった。モンタージュそのものが、かなり不正確な感じのものだったせいもあるが、人々の関心が、犯人より事件そのものの猟奇性や、被害者の方に集中してしまっているせいもあったことは確かだった。

容疑者が見つからないままに、五日、六日と過ぎていった。

その間、安田刑事は、三井刑事に向って、

「犯人《ホシ》は、必ず、もう一度やるぞ」

と、いい続けた。断定的な、自信のあるいい方だった。

「なぜわかるんですか？」

若い三井は、不思議そうに、先輩の顔を見た。

「第一は、おれの勘さ。第二は、こういう妙な事件に、前にもぶつかったことがあるからさ。犯人の目的を考えてみろ。金か？　いや違うね。金を奪うために殺したのなら、あんなことはしないはずだ。浴衣の紐で絞殺して逃げ出しているはずだ」

「個人的な怨恨《えんこん》ということは考えられませんか？」

「駄目だね。男は、誰《だれ》でもいいから呼んでくれといってるんだ。林田加代子が、あの時、あのラブホテルに行ったのは、偶然に過ぎないからね」

「男が、昔、彼女の働いていた銀行の上司だったという考えはどうでしょうか？」

「自分の助平なところを知られたんで殺したというのかい？　それとも、昔、何かあった間柄だから殺したというのかい？」

「駄目ですか？」

「駄目だねえ」と、安田は笑った。

「犯人は、ナイフで、乳房を切り裂いているんだぜ。一流銀行の管理職が、なぜ、そんなナイフを持ち歩いているんだい？」

「そうすると、犯人は最初から、誰かを殺す積りで、ナイフを持ち歩いていたというわけですか？」

「誰かをじゃなく、女をだよ。おれの推理だが、奴は、ゆっくり女を殺せる場所として、ラブホテルの個室を選んだのさ。そして、パンマを呼ぶ。殺されるのも知らずに、相手は裸になる。そこを絞殺してから切り裂いたんだ。殺すために殺したのさ。殺すことにエクスタシイを感じるんだ。奴は、女の頸を絞めた時、乳房をナイフで切り裂いた時、陰部にコーラのびんを突っ込んだ時、パンツを濡《ぬ》らしたに違いねえんだ。こういう奴にとって一度女を殺したら、それが病みつきになるのさ。じっと自分を抑えていても、自分を抑え切れなくなってくる。ヤクと同じなんだ。だから、また、必ずやる」

「どこでですか？」

「そいつは、犯人《ホシ》の職業によるだろう。自由な商売の人間なら、大阪でも、北海道でもやるだろう。だが、動きにくい勤め人だとしたら、また、この近くで殺《や》るかも知れん」

安田刑事の予想は適中した。

丁度十日目の夜、犯人は、大胆不敵にも、「みよし」からそう離れていない、同じラブホテル「西口クイーン」の一室で、三十歳のパンマを殺したのである。

4

現場である「アラビアの間」は、第一の事件の時と同じように、凄惨《せいさん》を極めていた。

色白で、やや太り気味の女だった。真っ裸で、頸を浴衣の紐で絞められ、豊かな両の乳房は、鋭利なナイフで切り裂かれていた。そのうえ、第一の殺人と同じように、毛の薄い陰部には、空のコーラのびんが突っ込んであった。

胸のあたりを血に染めた死体。その他、多分、犯人が頸を絞めた時、被害者が大声で悲鳴をあげ、それを黙らせようとしたのだろう。女の口には、タオルの端が押し込んであった。

女のハンドバッグから、金がなくなっているのも、第一の事件と同じだった。

フロントに、パンマを呼んでくれといった客の人相は、年齢三十五、六歳。一見サラリーマン風のサングラスの男だったと、目撃者は証言した。明らかに同一人なのだ。

殺されたパンマは、本名西井すみ子。一度結婚したが、一年前に離婚し、二歳になる子供が一人いた。西口署管内には、石川マッサージの他に、もう一つ、N・K・M協会という会社があって、西井すみ子は、そこの女だった。N・K・Mというのは、ニホン・ケンコー・マッサージの略らしい。協会などといっているが、もちろん、小さな事務所しか持っていない。

今度も、犯人は、指紋を残さなかったが、名刺を一枚落していった。

太陽工業営業部第一課長　長谷川　明

太陽工業といえば、鉄鋼関係の会社としては五指に入る会社である。もちろん、一部上場会社だ。

「こいつが犯人かな」

安田刑事は、会社のマークの入った名刺を、指先でつまみあげ、部屋の明りにすかすようにしながら呟《つぶや》いた。

名刺は、ベッドから二メートルほど離れた床の上に落ちていた。犯人が、上衣を脱いだり着たりした時、ポケットから落ちたと考えるのが、常識だろう。

「こんな非常識な殺しをやるにしては、名刺の主は、エリート過ぎませんか」

と、三井刑事が、首をかしげた。

「エリートだから、心優しい人々ばかりとは限らないぜ」

と、安田はいった。

もちろん、名刺が落ちていたからといって、すぐ、名刺の主が犯人とは断定できないことぐらい、安田にだってよくわかっている。むしろ、この名刺を貰った人間と考えるのが常識というものだろう。名刺は、自分が持っているものではなく、他人に渡すのが本来の用途なのだから。

だが、この名刺が、犯人についての唯一の手掛りといってもよかった。

夜が明け、午前九時を過ぎて、街が活動を始める時間になってから、安田は、三井刑事を連れて、西口署管内にある太陽工業本社へ出かけて行った。

すでに、もう、真夏の太陽が、ぎらぎらと照りつけはじめていた。暑さの苦手な安田は、太陽工業本社のある超高層ビルに向って、照り返しのきついコンクリートの歩道を歩きながら、「くそ暑いな」と、文句をいっていた。それは、二人もの女を惨殺した犯人への怒りの表現でもあった。

太陽工業本社が入っている超高層ビルのある辺りは、ビジネス街である。歩いて十二、三分しか離れていないところに、片方にコンピューター化されたビジネス街があり、もう片方には、ソープランドやラブホテルを中心とした歓楽街のあるところに、この街の奇妙さや面白さがある。そして、安田たち西口署の刑事たちの仕事の難しさもである。

三十八階建のビルに入ったとたんに、利《き》き過ぎる冷房に、安田刑事の額に吹き出していた汗は、たちまち、引っ込んでしまった。

太陽工業営業部は、二十九階である。エレベーターに乗ってから、

「おれは、高所恐怖症でね」

と、安田は、三井刑事にいった。半分は本当であり、半分は嘘だった。彼は、こう

いう近代的な超高層ビルが、どうしても好きになれないのだ。あまりにも、冷たく、取りすましているように見えるからである。機能的なのかも知れないが、このビルよりは、まだ、あのごてごてと飾り立てたラブホテルの方が人間的でいいと、安田は思っている。

営業第一課長の部屋は独立した個室になっていた。太陽工業では、課長以上に個室が与えられるらしい。安田は、アメリカ映画で、個室が貰えたことを喜ぶサラリーマンをコミカルに描いたのがあったのを思い出しながら、ドアをノックした。

課長の長谷川明は、部下を前に立たせて、書類に眼を通しているところだった。

「ちょっとお待ち下さい」

と、安田たちを待たせておいてから、てきぱきと部下に指示を与え、書類を渡してから、

「どうも」

と、二人の刑事に、椅子《いす》をすすめた。

いかにもエリート社員という物腰だし、頭の切れそうな眼をしていた。

だが、安田は、長谷川の身長を一六五センチぐらい、痩型と素早く見てとって、外

見は、犯人に一致していると、自分にいい聞かせた。もっとも、こんな外見の男は、いくらでもいるだろうが。

「警察の方が、私に何のご用ですか？」

長谷川は、微笑しながら安田を見、ケントの封を切って、二人にすすめた。

安田は、自分の煙草《たばこ》に火をつけてから、

「昨夜おそく、ガードの向うの『西口クイーン』というラブホテルで、三十歳のパンマが殺されましてね。全裸にしておいて、浴衣の紐で絞殺しているのです。いや、絞殺してから裸にしたのかも知れません。その上、乳房を切り裂き、陰部にコーラの空瓶を挿入しているのです」

しゃべりながら、じっと、相手の顔色を見ていた。

長谷川は、冷たい表情で、「ほう」といっただけだった。

「私には関係がありませんね」

「ところが、その部屋に、あなたの名刺が落ちていたのですよ」

安田は、テーブルの上に、問題の名刺を置いた。それでも、長谷川の顔は平静だった。手を伸ばして、つまみあげてから、

「確かに、私の名刺だ」

声にも、動揺はなかった。

「今でもお使いになっていますか？」

「使っていますが、もう、ほとんどなくなっていますよ。確か半年前に作ったんですが、ずいぶん、ばら撒《ま》きましたからね」

「渡した先は、メモしてありますか？」

「いや。私は、それほど几帳面《きちょうめん》じゃありませんのでね。ですから、その点で、ご協力は出来ませんね」

「失礼ですが、昨夜は、どうなさいました？」

「アリバイですね」と、長谷川は、微笑した。

「何時頃のアリバイですか？」

「昨夜、女が殺されたのは、午後十時から十一時の間です」

「それなら、家にいましたよ。K電鉄のS駅前にあるマンションですが」

「証人はいますか？」

「私は、子供がないので、家内と二人で住んでいますので、証人といえば、家内しかおりませんね」

「十日前の土曜日の夕方、同じように、ラブホテルでパンマが殺された事件があったのは、ご存知でしょう?」

「ええ。新聞や週刊誌が派手に書き立てましたから、私も知っていますよ」

「あの時、被害者は午後五時四十分から六時三十分までの間に殺されたと考えられています。その間、どこにおられたか、覚えていらっしゃいますか?」

「十日前の土曜日というと、七月二十四日ですね」

「そうです」

「あの日は、午後三時頃まで仕事がありましてね。それから、急いで家に帰りました。家に着いたのは、確か四時半頃でしたね」

「なぜ、急いで帰宅なさったのですか?」

「実は、七月二十四日は、私たちの結婚記念日でしてね。早く帰って来てくれといわれていましたので、ささやかなプレゼントを買って帰りました」

「どんなプレゼントですか?」

「プラチナのネックレスです。安物ですよ」

長谷川は、小さく笑った。

安田刑事が、彼と話している間にも、電話が鳴り、それに対して、長谷川は、営業課長らしい物腰で応対していた。

二人の刑事は、三十分ほどで部屋を出た。

「私の意見をいってもいいですか」

と、エレベーターに向って歩きながら、三井刑事が、遠慮がちに、安田を見た。

「ああ。いってみろよ。拝聴しようじゃないか」

「私は、安田刑事が質問している間、じっと、長谷川明の表情を注目していました」

「そいつは、ご苦労さん。それで、何かわかったかね？」

「事件の解明には、心理学が重要な働きをします」

「警察学校の教官が、そう教えたのかい？」

「そうです。相手が犯人である場合は、いかに平静を装おうとしても、心の動揺がどうしても表情や言葉の端に出てしまうものです。安田刑事の質問を一つの心理テストと考えて、私は、その反応を注目していたのです」

「それで、長谷川は、犯人だと思ったかい？」

「違いますね。あの男は、犯人じゃありません」

「なぜ？」

「安田刑事の質問に、何の動揺も見せませんでした。表情も変らなかったし、話す調子も変化しなかったからです。もし、あの男が犯人だとしたら、いくら構えていても、心の動揺が、外に現われてしまうものです。それが全くありませんでした。彼は、平静そのものでした。犯人だとは、考えられません」

「感心しないねえ。おれは、あの男を、徹底的に調べてみる積りだ」

「しかし、彼は、平静そのものでしたが――」

「だから怪しいんだよ。おれは、別に心理学にケチをつける積りはないが、公式どおりにいかない場合だってあるし、応用が利かなきゃあ、何の役にも立たないぜ。いいかい。坊や。あの男は、エリート社員だ。実力でなったのか、コネか知らないが、三十五、六で営業課長なら出世コースにのっかっているとみていいだろう」

「そうですね」

「そんなエリート社員は、誰よりも外聞を気にするものだ。スキャンダルに一番敏感なのも、彼等だよ。ところで、今度の猟奇事件だ。こんなものに、少しでも関係していると思われたら、大変なことだ。殺人現場に、自分の名刺が落ちていたなんて知らされたら、無実でも、真っ青になるのが、普通の人間じゃないかね？　そして、必死になって、自分は無関係だと弁明する。エリートであればあるほど、狼狽《ろうばい》するはずじゃないかね。心理学的にみたって、それが自然な反応じゃないかい？　ところが、あの男は、気味が悪いくらい平静だった。おれは、そこが気に入らないんだ。おれが名刺を示した時、狼狽して、一生懸命弁解したら、逆に、おれは、あの男をシロだと思ったろうよ。だが、あの平静さは異常だ。麻薬《ヤク》を射った人間が、犯罪に対して不感症になるみたいにな」

「じゃあ、あの長谷川課長が、犯人だと思われるんですか？」

「ああ、そうだ。だから、お前さんは、長谷川明のことを調べるんだ。学歴、友人の評判、その他だ。徹底的に調べるんだ。このくらいのことは、お前さん一人でもやれるだろう？」

「安田刑事は？」

「おれは、奥さんに会ってくる」

5

S駅でおり、駅前に建つマンションを見た時、安田は、「ほう」と、小さく声を出した。まるで、西洋の城のような、堂々としたマンションだったからである。4LDKから5LDKで、五、六千万円はするという。一瞬、安田は、自分の給料の数字を思い浮べた。

長谷川の部屋は、最上階の七階にあった。

どんな細君だろうかと、想像しながら、ベルを押した。

しばらく待たされた。ドアが開き、美しい女が、顔を出した。美しく、上品な感じだなというのが、安田の第一印象だった。

安田が、警察手帳を見せると、その美しい顔がゆがんだ。長谷川の反応が異常だったように、女の反応も、逆の意味で異常だった。普通の主婦なら、なぜ、刑事が訪ねて来たのか不審に思い、それを、まず質問するはずだ。それなのに、この女は、口がきけなくなったみたいに、ただ怯《おび》えている。

「どうぞ」

と、小さい声で、安田を部屋に招じ入れたのは、しばらく間を置いてからだった。

豪華な居間だった。二十畳ぐらいはあるだろう。ブルーの分厚いじゅうたんが敷かれ、純白の応接セットが美しい。壁にかかっている静物画。あの絵も多分、高価なものなのだろう。

(だが、何か整い過ぎているな)

と、安田は感じた。どこか冷たい感じがしてならなかった。

「何かお飲みになりますか?」

彼女は、口元に微笑を浮べてきいた。ぎごちない笑いだった。無理をしているなと思った。

「いや、結構です。しかし、なぜ、おききにならないんです?」

安田は、まっすぐに、女を見た。

「何をですの?」

「刑事が突然訪ねてくれば、誰でも、なぜ来たのかきくものですが、貴女《あなた》は、全然、おききになりませんね」

「それは――」

「警察が来ることを予期なさっていたんじゃありませんか」

「そんなことは、ありませんわ」

女は、あわてて、首を激しく横に振った。

「ええと、長谷川――？」

「長谷川季子です」

「ご主人と結婚なすったのは？」

「七年前です」

「失礼ですが、ご主人とは上手《うま》くいっていますか？」

「はい。上手くいっておりますとも」

声が、甲高くなった。

「お子さんがいらっしゃらないのは、計画的にお作りにならないのですか？」

「それは、私のせいなんです」

「というと？」

「私が子供を生めない体質なんです。主人には、すまないといつも思っているんです。

主人は、子供がいなくても幸せになれるといってくれていますけれど――」

「優しいご主人ですな」

「はい。とても優しい主人です」

「ところで、昨夜ですが、ご主人は、何時頃お帰りになりました？」

「いつものように、七時には、帰っておりましたわ。それから、外出したりはしません。ずっと、私と一緒でした」

「そうですか。十日前の七月二十四日は、あなた方の結婚記念日だそうですね？」

「はい」

「この日は、何時頃、ご主人はお帰りでした？」

「土曜日でしたから、三時には帰っていました。それから、二人だけで、ささやかに、結婚記念日を祝いました」

「間違いありませんね？」

「ええ。間違いありませんとも。主人が、あんな事件の犯人のはずがありませんわ」

「まだ、私は、何の事件か、いっていませんよ」

「――」

無言の悲鳴を、季子があげたような気が、安田はした。

6

「すると、君は、長谷川明が犯人《ホシ》に間違いないというんだね？」

と、佐々木警部は、安田を見た。

「間違いないと思います。そして、細君の季子は、それを知っています。少なくとも、夫があの事件の犯人ではないかと疑っていることは確かですな」

安田は、確信を持っていった。

「しかしねえ。エリート社員の長谷川が、なぜ、あんな惨忍な殺人を犯したんだ？動機がわからんじゃないか。ここに、三井刑事が調べて来た長谷川明の経歴があるがねえ――」

と、佐々木は、メモを手に取って、

「A大の法科を優秀な成績で卒業し、すぐ、現在の太陽工業に入社している。大学時代の友人の証言によると、面白味のない男だったが、勉強はよくしていたそうだ。友人と遊ぶということは、あまりなかったらしいが、別に悪いことじゃない。会社でも、上司の信用は厚い」

「家族は、どこにいるんですか？」

「両親は、東北のS県で漁業をしている。豊かじゃないようだ。長谷川は、かなり苦労して、大学を卒業したらしい。もっとも、今は、両親に仕送りをしているそうだがね」

「貧しい両親の期待を一身に背負って、あそこまでいったというわけですか。奥さんは、どうやら、金持ちの娘らしいですな」

「上司の娘だよ。今、大阪支店長をやっている井上好一郎の一人娘だ。恋愛結婚で、二人が結婚した時は、井上は、本店の部長だったそうだ」

「すると、長谷川の前途は、洋々たるものだというわけですな」

「その通りだよ。だから、一層、長谷川が、犯人とは思われなくなるんだがね」

「だが、彼が犯人です」

「しかし、逮捕するには、証拠が必要だぞ」

「わかっています。必ず見つけ出します」

と、安田刑事は、約束した。

彼は、自分の席に戻ると、三井刑事に、

「行くぞ」

と、声をかけた。

「どこへ行くんですか？」

三井刑事は、安田の後を追いながらきいた。

「長谷川が犯人だという証拠をつかみに行くんだ」

「どうやって？」

「そんなこと、おれにだってわからんよ」

「わからずに、何をやるんですか？」

「こんな時は、初歩的な方法が一番いいんだ」

「といいますと？」

「尾行さ。長谷川を、徹底的に尾行するんだ。あいつが犯人である限り、必ず尻尾《しっぽ》を出すはずだ」

その日から、二人の刑事による徹底的な尾行作戦が、展開された。

長谷川が会社を出るのを待っての尾行である。

最初の日も、次の日も、長谷川は、退社すると、まっすぐに、自宅へ帰った。そのあと外出する気配もなく、十二時近くになると、部屋の明りが消えた。どうみても、模範的なサラリーマンの日常だった。近所で聞いても、仲のいい夫婦だという。

「やっぱり、犯人と違うんじゃありませんか」

と、三井刑事が、首を振った。

だが、三日目から、少し様子がおかしくなって来た。

長谷川が、まっすぐに、帰宅しなくなったのだ。バーで飲んで帰ったり、いったんS駅でおりながら、また、盛り場に引き返して飲んだりしはじめたのである。悪酔いするのか、自宅近くのドブに吐くのも目撃した。

「どうしたんでしょうか？」

と、三井刑事は、急に別人のような行動を取りはじめた長谷川を不審がった。

「会社で面白くないことがあったんでしょうか」

「違うね。禁断症状が出はじめたのさ」

「禁断症状」

「第一と第二の殺人の間には、十日間あった。そのあと、今日で四日過ぎている。あの殺人が、犯人にとって麻薬と同じだとしたら、だんだん禁断症状が出て来てもおかしくないじゃないか。多分、また十日目頃には、あの男は、女を殺すぞ」

「しかし動機がわかりません」

「細君が知っているさ」

七日目に、安田は、もう一度、長谷川季子に会いに出かけた。

相変らず美しい。が、最初の時に比べて、眼の下に黒いクマが出来、肌がざらざらしているのに気がついた。疲労が、この美しい女の眼から、輝きを失わせている。

「教えてくれませんか」

と、安田は、直截《ちょくせつ》にいった。

「何をですの？」

季子は、固い、身構える眼になった。

「ご主人は、なぜ、あんな殺人を犯すんですか？　貴女は、その理由をご存じのはずだ」

「主人は何もしていません。ちゃんと、アリバイがあります」

「いつまで、そんな嘘が通用すると思っているんです？　ご主人は病気かも知れない。もし病気なら、また、女を殺す。それを防ぎたいんです。それには、貴女の協力が必要だ。教えて下さい。ご主人と貴女との間に、何があったんです？」

「何もありませんわ。お帰り下さい。少し疲れておりますので」

季子は、固い表情で、ドアを開けた。

7

安田刑事は、いらだった。長谷川明が犯人だという確信も、また、殺人を犯すだろうという確信もゆるがない。

それを防ぎたいのだ。それには、長谷川の細君の協力が必要なのに、彼女は、かたくなに、協力を拒んでいる。

その理由らしいものがわかったのは、安田が、彼女を訪ねた翌々日だった。佐々木課長に、長谷川季子のことを調べてくれるように頼んでおいたのに対して、答が見つかったのである。

「二年前に、彼女は、郊外の産婦人科医に行っている」

と、佐々木警部は、安田にいった。

「子供が出来る身体かどうか調べて貰ったんですか？」

「違う。子供を堕《お》ろしたんだ。医者は、妊娠三カ月だったといっている。その時、長谷川は、北海道へ出張中だった」

「本当ですか」

「医者は、最初、なかなか話してくれなかったが、殺人事件に関係しているかも知れないといったら、やっと話してくれたそうだ。医者は、生むようにすすめたらしいが、季子は、どうしても生めない理由があるといったらしい。もちろん、偽名で彼女は堕ろしている」

「なるほど」

「今度の事件に関係があると思うかね？」

「動機がわかったような気がします。季子は、私に、夫との間に子供が出来ないのは、自分の方に原因があるといっていました。しかし、違っていたわけです。夫の長谷川の方に原因があったんです」

「不能《インポ》ということかい？」

「とは思いません。それだったら、七年も続かなかったでしょう。不能じゃないが、生殖能力がない男というのはいるものですよ。それでも、夫婦仲は上手くいっていたんだと思います。ところが、季子が、浮気をした。多分、たった一度の浮気だったと思いますね。或《あるい》は、誰かに暴力で犯されてしまったのかも知れません、そして妊娠した。夫の子供でないことは明らかです。だから、夫の出張中に、ひそかに堕ろしてしまったのです」

「それを、最近になって、長谷川が知ったのかな？」

「だと思います」

「しかし、それなら、なぜ、季子に当らないんだ？」

「彼女を愛し過ぎているためかも知れません。上司の娘だからかも知れません。子供の出来ない理由が自分にあるという引目《ひけめ》のためかも知れません。それに――」

「それに、なんだい？」

「信じ切っていた妻が浮気をし、しかも、他人の子を堕ろしたことを知ったショックで、長谷川は、本当の不能者になってしまったのではないかと思うんです」

「なぜ、そう思うんだ？」

「そうでなければ、妻以外の女を抱くことで、何とか、心の苦痛をなぐさめることは出来るはずです。あの殺し方は、明らかに、セックスに対する憎悪の現われですよ。セックスに対する恐怖といってもいいかも知れません」

「商売女を、ああした形で惨殺することで、細君に対する愛憎を解消しようとしているのかも知れないな」

「しかし、細君とは毎日顔を合せているんです。その沈静効果も薄れて来ます。発散しようのない憎しみがまた蓄積していきます」

「そして、また殺人か。だが、証拠はないぞ。細君が証言してくれれば別だが」

「彼女は、絶対に我々に協力しないと思いますね。全ての責任は自分にあると思っているから、死んでも、長谷川のアリバイを主張するはずです」

「だが、今日は九日目だぞ。明日、また、長谷川は三人目の女を殺すかも知れんだろう？」

「必ず防ぎます。防いで逮捕します」

と、安田は、口を一文字に結んだ。

第二の殺人から十日目の八月十三日は、朝から小雨の降るうっとうしい天気だった。小さな台風が、本土に接近しているという予報があったせいか、夕方になると、風も出て来た。

長谷川明は、五時に退社すると、ガード下をくぐって、興行街に向い、映画館に入った。

安田と三井の二人の刑事も、続いて、中に入った。雨のせいか、館内は、珍しく混んでいた。

午後十一時少し前に、最終回が終った。三百人くらいの客が、どっと吐き出され、外に出ると、傘を広げる。その傘の波の中に、ふと、長谷川の姿を見失ってしまった。

（しまった）

と、思ったとたんに、安田は、三井刑事を促して、旅館街に向って、雨の中を、駈け出していた。

一軒一軒、ラブホテルを聞いて廻った。

七軒目の「ホテル・あたみ」のフロントが、やっと、長谷川らしい男が来たと教えてくれた。第二の犯行のあった「西口クイーン」から五〇メートルと離れていない。

この辺りのラブホテルには、二つの事件について協力を求める通知が配られているはずなのだが、女と金とセックスの渦まいているこの一角では、いちいち、客に注意していたら、商売にならないのだろう。

安田が警察手帳を見せて、はじめて、フロントの男は、蒼い顔になった。

「その客の部屋は？」

「二階のエジプトの間です」

「パンマは？」

「すぐ呼んでくれといわれましたんで」

「女は来たのか？」

「五、六分前に来ました。どうしたらいいんですか？」

「お前さんは、そこに坐ってればいい」

安田は、突き放すようにいって、三井刑事と、赤いじゅうたんの敷かれた階段を、駈けのぼった。

「拳銃は持って来たな？」

安田が、若い三井刑事に確かめた。

「持って来ましたが、相手はエリート社員です。使うこともないと思いますが——」

「今は、エリート社員じゃない。殺人犯だ。それを忘れるな」

と、安田は、叱《しか》りつけるようにいった。

安田は、拳銃を取り出した。それにならって、三井も拳銃を構えた。

エジプトの間の前に来た時、中から、かすかに、女の悲鳴が聞こえた。ドアは、中から鍵《かぎ》がおりている。

安田刑事は、七二キロの身体で、ドアに体当りした。

ドアがこわれた瞬間、安田の身体は、部屋の中に転げ込んだ。右手をどこかにぶつけたらしく、不覚にも、拳銃を取り落した。床に倒れたまま、手を伸ばしながら、部屋の中を見廻した。

ベッドから転げ落ちた半裸の女が、のどに手をやって、ぜいぜい荒い息を吐いている。その頸に巻きついている浴衣の紐。

その向うに、ワイシャツ姿の長谷川が突っ立っている。一瞬、ポカンとした顔をしていたが、テーブルの上の鞄から拳銃をつかみ出した。

「三井。射てッ」

と、安田は、怒鳴った。

だが、三井は、拳銃を構えたまま、射とうとしない。

安田は、伸ばした手で、拳銃をつかむと、床に腹這《はらば》いになったまま、引金をひいた。

轟音《ごうおん》が、部屋にひびき渡り、長谷川の身体が、はじき飛ばされ、床に叩きつけられた。

安田は、蒼白い顔で立ち上ると、恐る恐るのぞき込んでいるフロント係に、

「救急車を呼んでくれ」

といった。

長谷川は、身体を丸めて、呻《うめ》き声をあげた。右肩から血が吹き出している。

「なぜ、射ったんです？」

と、三井刑事が、安田を睨んだ。

「お前さんを助けたんだ。それに、死にやしない。肩にあたっただけだ」

「そんなことをいってるんじゃありません。長谷川の拳銃は、模造ガンですよ。見て下さい。金色に塗ってあります。だから僕は射たなかったんです」

三井は、床から拾いあげて、安田に突きつけた。安田は、黙って受け取ると、窓に

向って引金を引いた。

再び、凄《すさ》まじい爆発音が轟《とどろ》き、窓ガラスが、砕けた。

三井刑事の顔色が変った。安田は、

「これが、模造ガンか？　え？」

「しかし――」

「本物の拳銃を、金色に塗って模造ガンに見せかけて持ち歩いていたんだ」

「なぜ、本物だとわかったんですか？」

「模造ガンなら、銃口が詰っているはずだ。だが、これはそうなっていなかった。何よりも、長谷川の眼だ。あの眼は、相手を殺そうとする眼だった。それに気がつかなかったのかね？」

と、安田は、怒ったような声でいった。がそのあとで、ニヤッと笑ったのは、佐々木課長との約束を思い出したからである。

ひな鳥を守る親鳥のように守ってやりますと、安田は、課長に約束した。あと、二、三回は、親鳥の心境にならざるを得ないかも知れない。

密告

1

刑事を何年やったって、死体を見るのは嫌なものだ。もっとも、平気で死体をいじり回せたら、私は、刑事にならずに外科医になっていたろう。そうしたら、今頃は、快適な別荘の一つも持てていたかも知れない。

だが、因果なことに、捜査一課の刑事をやっている限り、死体とは縁が切れない。それも、むごたらしく殺された死体とだ。

今夜も、私は、背中にナイフを突き立てられた死体にお目にかかっていた。

場所は、副都心新宿の馬鹿でかいホテルの十六階のダブル・ルームだ。

仏さんは、そのダブル・ベッドに、俯《うつぶ》せに死んでいる。凶器のナイフは、どこにでも売っている登山ナイフ。

血が、細かな模様入りのワイシャツを赤く染めている。

私は、指で触ってみた。血は、ほとんど乾き、変色している。死後、少くとも一時間は過ぎているだろう。

(上等なワイシャツが台無しだ)

と、私は思った。生地もいいし、袖口には宝石入りのカフスボタンが光っている。私は、残念ながら、こんな上等のワイシャツを着たことがない。若くてスマートな体形なら、出来合いでも、気のきいた柄《がら》のものがあるが、あいにくと、私は、首回りが四十二の猪首の上に、首の太いわりに腕が短い。だから、家内は、ワイシャツ探しが大変だと、いつもこぼしている。やっと見つけて買ってきたのは、たいてい袖が長いから、私は、袖口を折り返して着ていることが多い。そういえば、ここ四、五年、カフスボタンなどという洒落《しゃれ》たものをしたことがなかった。

ホテルの宿泊カードでは、仏さんの名前は、山田太郎、四十歳。住所は、世田谷区桜上水××番地となっている。郵便貯金のPRに使われそうな名前は、どうせ偽名だろうと思ったら、案の定だった。部屋のハンガーにかけてあった上衣には、「伊知地」のネームがあった。ワイシャツにも、「S・I」のイニシャルが刺繡《ししゅう》してあった。どうやら、こちらが、本名のようだ。

上衣の内ポケットから出てきた財布には、一万円札十二枚に千円札が六枚入っていた。仏さんがサラリーマンで、これが一カ月の小遣いだとしたら、かなり恵まれた男だ。ただし、身分証明書も名刺も見つからなかった。最初からなかったのか、犯人が持ち去ったのか、今の段階では、何ともいえない。

「主任」

と、岸井刑事が、私を呼んだ。私は、若い部下を振り返った。若さというやつはいいものだと、私は、彼を見るたびに、羨《うらや》ましくなる。まだ、挫折ということを知らない眼が、キラキラと輝いている。私の眼は、多分、疲労で濁っているだろう。昨夜、詰らないことで、妻とやり合った。その後遺症だ。中年になると、寝不足はこたえる。

「フロントの責任者を連れて来ました」

と、岸井刑事が、私にいった。

2

きちんと蝶ネクタイをしめ、胸に「井上」の名札をつけたフロント主任は、被害者がチェック・インしたのは、昨日、土曜日の午後二時で、明日の月曜日にチェック・アウトの予定になっていたといった。

「最近は、東京の人間が、東京のホテルに泊るのが流行《はや》っているのかね？」

と、私がきくと、フロント主任は、ニヤッと笑って、

「よくございます。S・Kさんなど、当ホテルのダブル・ルームを一カ月間、ご予約になっていらっしゃいます」

と、有名なテレビタレントの名前をあげた。なぜ、妻子のあるタレントが、ホテルのダブル・ルームを一カ月も予約しておくのか、ヤボな私にだって、想像がつく。

「なるほどね。すると、あの仏さんも、女に会うために、この部屋を借りたというわけかい？」

「私どもは、女の方が入るのは見ておりませんが、部屋を予約なすったのは、女の方です。電話を下すったのは、一昨日の午後でございます」

「若い女のようだったかい？」

「はい。ただ、電話ですので、何歳くらいということは、わかりかねますが」

「部屋に、所持品らしいものが何もないが、仏さんは、手ぶらで来たのかい？」

「はい。鞄の類《たぐい》は、お持ちでなかったように覚えております」

「死体を、最初に発見したのは？」

「私どもでは、午前十時から部屋の掃除を始めます。係りの者が、その部屋の前に来ますと、起こさないで下さい《ドント・ディスターブ》の札がドアにかかっておりましたので、この部屋は抜かして、他の部屋の掃除をすませました。ところが、夕方になっても、同じ札がかかったままで、外出なさった様子もございませんので、係りの者が、心配して、私にいって来たのです。この近くのホテルで一カ月前に自殺未遂があったものですから心配になりまして、私が、何回も、ドアをノックしてみました。それでも返事がないもんですから、マスター・キーで開けてみましたら――」

フロント主任は、言葉を切り、死体に、ちらっと眼をやってから、

「それで、あわてて、警察に電話したわけです」

「ちょっと、佐々木さんよ」

と、鑑識の飯島技官が、私の肩を叩いた。

「お話中失礼だが、そこをどいてくれねえかな。部屋全体の写真を撮っておきたいんでね」

私は、フロント主任を帰してから、飯島技官に、

「指紋は出そうかい?」

「さあね。あまり期待しない方が、よさそうだね」

「なぜ？」

「ナイフの柄からは、指紋は出なかったよ。犯人は――」

「手袋をして、ぐさりとやったか？」

「まあね。とすりゃあ、犯人の指紋は、見つからない方に賭けた方が無難というものさ」

死体が、解剖のために、部屋から運び出されて行った。

と、私は、ベテランの安田刑事を呼んだ。

「ヤスさん」

「宿泊カードにあった住所も、多分、でたらめだろうが、念のために当ってみてくれ」

「わかりました」

小柄だが、頭の回転の早い安田刑事が飛び出して行った。

鑑識は、まだ、部屋の中を這い回って、指紋を検出している。その中から、飯島技官が、手に光るものを持って、私の方に歩いて来た。

「あんたへのプレゼントだ」

「何だい？」

「ベッドの下に落ちていたのさ。バッジだよ」

確かに、何かのバッジだった。銀メッキがしてあって、魚の形のところへ、「T・F・C」と彫ってある。これが、被害者のものなら、身元を割り出す手掛りになるかも知れない。

3

宿泊カードの住所は、やはりでたらめだったが、バッジの方から身元が割れた。魚の形をしたバッジは、東京釣り連盟《トウキョウ・フィッシング・クラブ》のもので、被害者は、このクラブの役員、伊知地三郎、四十歳とわかったからである。

自分で、従業員三十名の会社を経営していて、住所は、同じ世田谷区桜上水でも、番地が違っていた。

それがわかったのが、午後十一時を過ぎてからだった。

今日は、捜査本部に泊り込みになると思い、家へ電話を入れたが、妻の保子が、出る気配はなかった。昨夜の夫婦喧嘩が、あとを引いて、実家へ帰ってしまったらしい。妻の実家が近くにあるのも考えものだ。そちらへも電話しようと思ったが、馬鹿らしくなって、私は、安田刑事を連れて、捜査本部を出た。

車で、深夜の甲州街道を、被害者の家へ向かった。

「ヤスさんは、まだ独りだったね」

「ええ」

安田刑事が、照れ臭さそうな顔で頭に手をやった。

「なぜ、貰わないんだい？」

「いい人がいたら、結婚したいですがねえ。主任のところみたいに、優しい奥さんだといいんですが、近頃の女性は怖いですから」

「うちのが、優しいかねえ」

「違いますか？」

「さあね」

私は、あいまいに笑ってごまかした。保子と、結婚して五年になる。熱烈とまではいかなくても、恋愛結婚だった。今でも、もちろん、彼女を愛している。だが、どこかに、しょせんは、他人だという気持が、近頃になって、わいてきたことも否定できない。それは、愛情とは別のことだ。喧嘩している時よりも、むしろ、一緒に食事している時などに、フッと、そんな思いを、一瞬、実感として感じることがある。夫婦というやつは、本当に相手を理解することは、一生出来ないのではないだろうか。

被害者の家に着いた。

豪邸、庭広し。そんな言葉が、ぴったり来るような邸だった。

「でかいねえ」

「羨ましいですねえ」

そんな会話を交わしながら、私は、玄関に取りつけられたベルを押した。

「どなたですか？」

取りすました女の声が、インターホーンから聞こえた。

「警察の者です。伊知地三郎さんのことで、奥さんにお会いしたいのです」

私が、いうと、玄関に、ぱっと明りがつき、和服姿の三十歳ぐらいの女が現われた。

それが、伊知地三郎の妻君の美代子だった。

私たちは、広い居間に通された。深々としたソファー、じゅうたんの上に虎の皮の敷かれた床、大理石造りのダンロ。趣味がいいかどうかは別にして、金のかかった部屋であることだけは確かだ。

向い合って腰を下した美代子も、どこか、この部屋に似ていた。金縁眼鏡をかけ、指には大きなダイヤの指輪が光っている。和服の帯止めにも、宝石が輝いている。今、身につけている宝石だけでも、千万単位はするだろう。

私は、自然に、保子のことを考えた。結婚する時、一万円の金の指輪を買い与えただけで、その後、宝石と名のつくものを買ってやったことがない。

「主人のどんなことで？」

美代子が、眼鏡の奥から私を見た。整ってはいるが、冷たい感じのする顔だった。

「ご主人が、亡くなりました。殺されたのです」

「まさか、そんな――」

「今夜、新宿のホテルで、ナイフで殺されているところを発見されたのです」

「そんな筈はありませんわ。主人は、昨日から、仕事のことで、大阪へ行っている筈ですもの」

「ご主人は、そういわれたんですか？」

「ええ。大阪の取引先と仕事のことで会ってくるといっていました。ですから、新宿で殺されたという人が、主人の筈がありませんわ」

「ご主人の服装は、茶色の背広で、ネクタイは、カルダンデザインの茶に白のストライプ。そして、東京釣り連盟の役員をなさっていませんでしたか？」

私がきくと、伊知地美代子の顔色が変った。

「とにかく、私たちと来て、確認して下さい」

と、私はいった。

私たちは、彼女を、遺体のある大塚の警察医務院へ連れていった。解剖まで、死体を収容しておくのは、地下の死体置場だ。ここへ来るたびに、私は、食欲がなくなる。じめじめした空気と、死体特有の匂いに、どうしても慣れることが出来ないからだ。

美代子は、白布をとられた死体を、じっと見つめていたが、ふいに、

「あ、あなたっ」

と、絶叫して、がばっと、死体に蔽いかぶさった。

私は、あっけにとられた。冷たく取りすました彼女からは、およそ想像できなかっ

た発作的な動作だったからである。彼女は、死体に取りすがったまま、肩をふるわせて、激しく嗚咽《おえつ》し始めた。

安田刑事も、戸惑った顔で、美代子の背中を眺めている。

私は、しばらくの間、彼女が泣き止むのを待たなければならなかった。

4

美代子は、夫の伊知地が、なぜ、大阪へ行くと嘘をついて、新宿のホテルに泊っていたか、全く想像がつかないといった。

「ホテルの部屋を予約したのは、若い女の声だったと、フロントはいっているんですが、心当りはありませんか？」

と、私は、きいた。

美代子は、黙って、首を横に振った。眼鏡の奥の眼が、まだ、はれぼったく見える。取り乱したことを恥じるように、俯いて、膝の上で、じっと、ハンカチを握りしめている。

「ご主人には敵はいましたか？」

「いいえ。主人は、どなたにも親切でしたから、敵はいなかったと思います」

「仕事の上でもですか？」

「仕事のことは、私にはよくわかりません。でも、主人が、人に恨まれるなんて考えられませんわ」

「仕事は、順調だったようですか？」

「そう聞いておりました」

「本当に、ご主人の女性関係は、ご存知ないのですか？」

「知りません。女の噂など聞いたこともございません」

ハンカチを握りしめる美代子の指先に、力が入るのが私にもわかった。私は、自分の質問が残酷だとよく知っている。だが、殺人事件である以上、質問しないわけにはいかないし、いや、それどころか、私は、眼の前にいる女が、嘘をついているに違いないと思っていた。因果なことだ。刑事の仕事は、まず、相手を疑ってかかることから始まる。そして、この世の中には、嘘つきが多すぎる。

「信じられませんね」

「何がでしょうか？」

「結婚して、何年におなりでした？」

「十一年です。正直におっしゃって下さい」

「何をです？」

「私が主人を殺したと思っていらっしゃるんでしょう？　違いますの？　警察は、そう信じていらっしゃるんでしょう？」

彼女の言葉には、怒りと悲しみが、混り合っているように聞こえた。どうも、女は苦手だ。

「とんでもない」と、私は、儀礼的に、否定した。

「犯人をあげるために、奥さんに協力して頂きたいだけです」

「それなら、私は、お役に立てませんわ。主人が、誰かに恨まれていたなんて信じられないし、なぜ、新宿のホテルに泊っていたかもわからないんですから。それに、今夜は、もう疲れて倒れそうなんです。これから、どうしたらいいのか、気が転倒してしまって――」

「わかりました。気持が落ち着かれた頃、またお伺いしましょう。ヤスさん。お送りしてくれ」

私は、安田刑事に彼女を送らせたあと、捜査本部の置かれた新宿署に一人で戻った。

すでに時間は、午前零時を過ぎている。だが、若者の町は、まだ騒がしい。

私と入れ違いに、血相を変えた若い警官が四、五人、飛び出して行った。

「どうしたんだい？」

と、私は、留守番をしていた岸井刑事にきいた。

「歌舞伎町のバーで、客の一人が、いきなり拳銃をぶっ放して、ホステスが怪我をしたようです」

「やれやれ。一日ぐらい静かな町でいて欲しいがね」

「毛布を用意しておきました。私も泊ります」

「鑑識から何か報告はなかったかい？」

「まだです」と、いったのは、最近結婚したばかりの新田刑事だった。大学時代バスケットの選手だっただけに、一八七センチのノッポの男だ。

「どうせ、犯人の指紋は見つからなかったんでしょう。見つかっていれば、飯島技官が、今頃、ニコニコ笑いながら電話して来るに違いありませんからね」

「今頃、あの親父さん、くしゃみをしてるだろうよ。ところで、君は、泊り込まなくていい。まだ一カ月だろう？」

「正確にいえば、二十八日目です。だが、あいつにも、今から、刑事生活の厳しさをわからせておいた方がいいと思いましてね」

「いうねえ」

「仏さんの奥さんというのは、どんな人です？」

新田刑事は、私に、インスタント・コーヒーをいれてくれながらきいた。私は、砂糖を加えずに一口飲んだ。やたらに苦い。が、おかげで、眠気がさめてくれた。

「面白い女だよ」

「どう面白いんですか？」

「金縁眼鏡をかけ、大きな宝石の指輪をピカピカ光らせている」

「ぞっとしませんね。旦那が浮気するのも当然という感じじゃないですか？」

「ところが、旦那の死体を見た時には、いきなり死体に取りすがって泣き出したよ。泣き止むまで、何も聞けずさ」

「演技じゃありませんか」

「あれが演技だとしたら、彼女の演技は大したものだね。ただし、旦那の浮気を知らなかったといったが、あれは嘘だね。女の直感力というやつは、旦那のちょっとした浮気だって見逃がさないものだからね」

「それは、主任の経験ですか?」

5

翌朝、堅い椅子の上で眼をさますと、雨音が聞こえた。

起き上り、洗面所で顔を洗ってから窓の外に眼をやると、かなり強い雨足だった。

私は雨が嫌いだ。

岸井刑事が、昨日のうちに用意してくれていた菓子パンを食べ、パック入りの牛乳を飲んだあと、家に電話してみたが、妻の保子は出なかった。昨日は、とうとう実家に泊ったらしい。

午前九時を過ぎると、雨の中を、刑事たちが、捜査に飛び出していく。私も、もう一度、伊知地美代子に会った。今日は、喪服姿だったが、金縁眼鏡と、キラキラ光る大きな指輪は、黒い喪服に似合わないような気がした。

私は、服装オンチみたいなものだが、黒い喪服の時には、光る装身具は外すのが礼儀ではあるまいか。どうも、この女は、どこかちぐはぐだ。

「静かですが、あなたの他に、ご家族はいらっしゃらないのですか？」

「子供はおりません」

「お手伝いさんは？」

「欲しいのですけど、最近は、来て下さる方がいなくて」

「昨日は、新宿方面へお出かけになりませんでしたか？」

「やっぱり、私を疑っていらっしゃるんですわね？」

「そういうことはありません。ただ、関係者のことを一応調べるのが、私の仕事でしてね」

「昨日は、あなたが、主人が死んだことを知らせに来て下さるまで一日中家にいました」

「それを証明する者は？」

「いる筈はありませんわ。私一人でしたもの」

「車が二台ありますね」

「はい」

「一台は、奥さんのものですか？」

「ええ」

車で、ここからあのホテルまで、渋滞がなければ十二、三分のものだろう。もちろん、だからといって、彼女を犯人と断定できるものではない。

玄関の方で呼鈴がしきりになり、ニュースで知って驚いたという親戚や知人が押しかけてきた。それをしおに私は伊知地邸を出た。

被害者が経営していた釣具の専門会社のことは、安田刑事が調べて来た。今は不況風が強いが、彼の会社は、営業成績が順調に伸びていて、社員の待遇もよく、社長の伊知地三郎を恨む者はいないようだという。

「なかなか親分肌で、社員を、よく、飲みに連れて行ったりしていたそうです」

「女性関係はどうなんだ？」

「それも聞いてみたんですが、これはという答は返って来ませんでしたね。なかなか男前だし、金離れもいいんで、水商売の女にはもてていたようですが、深くつき合っていた女には、心当りはないというんです」

「しかしね。現実に、若い女の声でホテルの部屋を予約し、そのダブル・ルームで殺されていたんだぜ。女房と会うのに、ホテルを利用する筈がないじゃないか。あんなでかい家があるのにだ」

「私も、そう思って、何度も聞き直してみたんですが、どうも、これはという返事は返って来ませんでした。申しわけないんですが」

「君のせいじゃないさ」

私は、煙草に火をつけた。去年、肝臓をやられた時、医者から禁煙をすすめられたのだが、刑事をやっている限り、煙草はやめられそうにない。

電話が鳴る。受話器を取ると、鑑識の飯島技官の太い声が飛び込んできた。

「香《かんば》しい報告が出来ないんで悪いんだがね」

「わかってるよ。例によって、あの部屋から、犯人のものと思われる指紋は発見できなかったっていうんだろう？」

「その通りさ。灰皿の吸殻も、すべてケントで、吸口についた唾液《だえき》から、仏さんが吸ったものだとわかったよ。仏さんの血液型は、ＡＢ分泌型だ。まあ、こんなことは、役に立たんだろうがね」

「いえいえ。結構役に立ちますよ。ＡＢ型なら、君と同じだから、多分、相当のヘソ曲りだ」

「よせやい」

ホテルに泊ってからの被害者の行動も、少しわかった。

土曜日の午後二時にチェック・インしたあと、午後七時頃、ホテル内のレストランで夕食をとっている。その時は一人だったといい、フロントは、外出なさった様子はないと証言した。

「そうすると、日曜日の朝食は、どうしたんでしょう？」

若い岸井刑事が、不審そうな顔をするのへ、安田刑事が、笑って、

「土曜日の夜、女がやって来て泊ったとすりゃあ、多分、その女が、食べ物や飲み物を持ち込んだのさ。お忍びの逢引きだったとすれば、一緒に外で食事するわけにはいかないからな」

「しかし、あの部屋には、それらしい遺留品はありませんでしたよ。ビールの空かんも、鮨《すし》折りの残りも」

「女が持ち帰ったのさ」

「すると、その女が、刺したというわけですか？」

「かも知れないし、浮気を知って、妻君が殺《や》ったのかも知れない。それとも、色恋とは全く関係のない奴が殺ったたか」

確かに安田刑事のいう通りなのだが、夕方になっても、そのどれかにしぼることが出来なかった。

簡単な夕食をとったあとで、外から電話が掛った。

若い男の声が、

「今度の事件の責任者に話したいことがあるんだ」

「それなら、私だ」

「名前を聞いとこうか」

「佐々木だ。それで、私に何の用だ？」

「おれは、犯人を知ってるんだ。伊知地三郎って社長を殺した犯人をさ」

「犯人を知ってる？」

私の声で、ヤスさんたちが、身を乗り出してきた。

「そいつは誰だい？」

「奥さんだよ。旦那の浮気に気がついて、刺したんだよ」

「証拠はあるのか？」

「あるとも」

「どんな証拠だ？」

「おれが、あの奥さんに、旦那が、出張だと嘘をついて、女に会うために、新宿のホテルに泊っているって電話で教えてやったんだ。そしたら、奥さんが、血相変えて車でホテルへ駈けつけて来たよ」

「君の名前は？」

「そんなこと、どうだっていいじゃないか」

「そうはいかんさ。こっちは、君の証言が正確だという保証が必要なんだ。名前もわからない人間からの電話じゃあ、信用がおけないからね」

「伊藤だよ」

「会いたいね」

「――」

「どうなんだ?」

「あんた一人で来てくれるなら、会ってもいい。これからすぐ、四谷三丁目にある『サンセット』という喫茶店へ来てくれ。そこへ、あんた一人で来て、『週刊中央』をテーブルの上にのせて座っていれば、おれの方から声をかけるよ」

6

雨は止んでいた。私は、指定された通り、「週刊中央」を買い求め、それを持って、四谷三丁目の大通りに面した、「サンセット」という喫茶店に入った。

奥のテーブルに腰を下し、週刊誌を置いて、コーヒーを頼んだ。が、なかなか、電話の主は現われない。三十分もした頃、入口のテーブルに腰を下していた背の高い男が、私の席に近づいて来て、「佐々木さんかい?」ときいた。

「君が、電話の主か?」

「ああ」

と、肯《うなず》いて、男は向い合って腰を下した。二十七、八歳といったところか。ねずみ

色のサファリシャツを着、髪は長く伸ばしている。その髪をかきあげるようにしながら、

「おれは、嘘はついてないぜ」

「それなら、なぜ、君は、奥さんに、旦那の浮気を密告したんだ？　まさか、密告が趣味じゃないだろう？」

「伊知地は、おれの女を奪いやがったんだ」

「ほう」

「だから、ちょっとした仕返しをしてやったのさ。だが、まさか殺すなんて思っていなかった」

「詳しく話してくれないか」

「おれは、イラストの仕事をやってるんだ。これは、あまり関係ないんだがな。半年前に、ここで、橋本由紀子って女と知り合ったんだ。美人で、二十五だっていってた。おれは、彼女に参っちまったのさ。ところがだよ。どこで知り合ったのか、あの伊知地の奴が、彼女に熱をあげたんだ。おれは、金がないし、向うは金がある。その上、奴は、その内、今の奥さんを追い出して、正式に結婚すると、由紀子にいったらしい

んだ。これじゃあ、勝負にならないよ。今の女は、金が第一だからね」

「君がふられたというわけか」

「ああ。おれが気が強けりゃあ、伊知地を殴り倒すんだが、そんな勇気がないんだ。自分でも情けないよ。だから、奴の奥さんに電話してやったのさ。浮気がバレりゃあ、由紀子を手放すと思ったんだ」

「それで、橋本由紀子という女は、今、どこにいるんだね？」

「目黒にある、ニュー目黒レジデンスというマンションの三階に住んでるよ」

「伊知地三郎が、そこに彼女を囲ったというわけか？」

「おれに、あんな上等なマンションが借りられるわけがないじゃねえか」

「君は、奥さんが車でホテルに来たのを見たといったね。どこで見ていたんだ？」

「あのホテルの前にある喫茶店で見ていたんだ。出て来るとこも見たよ。おかげで、コーヒーを三回も注文して、胃がおかしくなっちまったけどな」

「奥さんは、何時頃、ホテルにやって来たんだ？」

「午後四時半頃だったよ」

「それで帰ったのは？」

「三十分くらいしてだな。すごくあわててたよ」

「しかしねえ。あの奥さんは、旦那の遺体に取りすがって泣いたんだが」

「演技だよ」と、男は、口をゆがめた。

「あの奥さんは、昔、Kって劇団にいたことがあるんだ。涙でごまかされるなんて、日本の警察は、甘いじゃないか」

7

私は、目黒に廻ってみた。国鉄目黒駅から白金台の方向へ五、六分歩いたところに、十一階建のニュー目黒レジデンスが、純白の姿を見せていた。

入口のところに、ずらりと並ぶ郵便受の三〇九のところに、「橋本」と書いた紙が貼りつけてあった。

私は、三階にあがり、三〇九号室のドアをノックしてみたが、留守らしく返事がない。仕方がないので、また階下におり、狐のような顔をした管理人に、橋本由紀子のことを聞いてみた。

「ええと、ここへ引っ越してみえたのは、三カ月前でしたよ」

「一人で、来たのかい？」

「ええ。面白い引っ越しでしたよ」

「面白いって、どう面白かったのかね？」

「普通、引っ越しっていうと、トラックで来ますよね。それが、タクシーで来て、部屋に入ると、この近くのデパートから、日用品、調度品からベッドまで運ばせたんです。あれだけでも、五、六十万は、かかったんじゃありませんか」

ベッドから、日用品まで新品か。そんなところにも、私は、パトロンと、囲われた女の匂いを嗅いだような気がした。

「橋本由紀子というのは、どんな女性かね？」

「そうですねえ。なかなか美人で、ジーパンに、男物のシャツなんか着ているんですよ。おへそなんかのぞいてる時もありますねえ」

そんなところが、美代子と逆で、伊知地は惹かれたのかも知れない。

「この男が、訪ねて来なかったかね？」

私は、殺された伊知地三郎の顔写真を、管理人に見せた。相手は、不精ひげをなぜ

ながら、写真を見ていたが、

「さあ、記憶にありませんねえ。もっとも、わたしは、ここに来る人を、いつも見てるわけじゃないし、非常口もありますからねえ。ただ、橋本さんは、いつだったか、景気のいいどこかの社長さんとつき合っていると話してくれたことがありましたよ」

管理人が見ないということは、逆に考えれば、伊知地三郎が、それだけ用心深く行動していたということにもなるだろう。土、日にここへ来ずに、都内のホテルを利用したことにも、それが現われているような気がした。

私は、いったん捜査本部に戻ると、念のために、ホテルの従業員一人一人に、伊知地美代子の写真を見せた。

フロントは、記憶にないといったが、ロビーにある売店の女の子が、美代子を覚えていた。

「ええ。日曜日の午後四時半頃です。この女の人が、蒼い顔で入って来て、エレベーターに乗るのを見ました。和服を着て、手に大きな宝石を光らせていたから、よく覚えているんですよ。金縁の眼鏡をかけてました」

「エレベーターでおりて来るところは見たかね？」

「ええ。三十分ぐらいして、おりていらっしゃいました。ふらふらっと出て行きました。どうしたんだろうって、話していたんです。今日休んでる娘《こ》と」

8

私は、伊知地美代子の逮捕状を取ると、「行こうか」と、安田刑事に声をかけた。

これで、今度の事件も終りだと思うと、自然に、足が早くなる。が、同時に、追いつめた相手が、今度のように女や、或いは、弱い立場の者だと、暗い気分も生れてくる。私は、事件が終りに近づくにつれて、いつも、こうした矛盾した気分になるのだ。

伊知地家は、相変らず、大きく塀をめぐらせていたが、私が、逮捕状を見せ、あなたの姿を見た証人が二人もいると告げたとたんに、伊知地美代子の顔が、すうっと蒼ざめていくのがわかった。肩が、がくんと落ちる。追いつめられた犯人が、いつも見せる姿だった。

「あなたが殺したんですね？」

と、私は、念を押した。

美代子が、黙って肯《うなず》く。

「しかし、なぜ、殺したんです。たかがというと、あなたは怒るかも知れないが、浮気をしたぐらいで、なぜ、刺殺したりしたんです？」

「あの日だったから許せなかったんです」

「日曜日だから？」

「五月九日だからです。五月九日は、私たちの結婚記念日なんです」

「――」

私は、思わず、彼女から視線をそらせてしまった。やり切れない気持になったからだ。

「私たちの結婚記念日を、他の女と過ごしていると考えたら、もう、かあッとしてしまって、許せないという気になってしまったんです。それで、近くの金物店で、あのナイフを買って――」

「ホテルへ行ったあと、どうしたんです？」

「部屋へ行きました。でも、女が一緒だったら、主人でなく、相手の女を殺していたと思います。それに、ドアがあの時、開かなかったら――」

「鍵が下りてなかったんですね？」

「ええ。ノブを回したら、開いたんです。きっと、女が帰る時、きちんと閉めなかったんだと思います。中に入ったら、主人は、ダブル・ベッドに、ワイシャツ姿で眠っていました。きっと、女と遊んだあと、疲れて眠っているんだろうと思ったとたんに、持って行ったナイフで、背中を刺してしまっていたんです」

「そのあと、指紋を消して逃げたんですね？」

「はい。大変なことをしてしまったと思って、このままでは、すぐ、捕ってしまうと考えたんです。一生懸命、自分が触ったと思うところを、ハンカチで拭いたんです。でも、夢中で、ロビーの売店の人に見られていたなんて、気がつきませんでした」

「相手の女性のことを、知っていましたか？　名前や素性を」

「いいえ。主人に別に女が出来たんじゃないかとは、思っていましたけど、時々、そわそわと、落着かないことなんかありましたから。刑事さんは、その女に会ったんですか？」

「いや。まだ会ってはいませんが、どんな女性かは調べました」

「私よりきれいな女ですの？」

美代子は、まっすぐに私を見た。答えるのが辛《つら》い質問だった。だから、あいまいに、

「さあ」と、私が肩をすくめた時、居間の電話が鳴った。

同行した安田刑事が、受話器を取った。がすぐ、「主任にです」と、私を見た。

相手は、新田刑事だった。

「今、被害者の解剖報告が届きました。それをお知らせしようと思いまして」

「帰ってから、ゆっくり読ませて貰うさ。事件は、終ったんだからな」

「それが、どうも違うかも知れないんです」

「どういうことだい？　そりゃあ」

「解剖所見に、こう書いてあるんです。死因は、青酸中毒死――」

「何だって？」

「死因は、青酸カリによる中毒死です」

「というと、彼女は、――」

「そうなんです。伊知地美代子は、死体を刺したんですよ」

9

壁にぶち当ったのは、何も今度に限ったことではない。それに、美代子の線が消えても、まだ、容疑者は、残っている。

橋本由紀子と、電話をかけてきた伊藤という青年だ。二人の中《うち》、私は、伊藤の方が犯人に違いないと考えた。

まず、伊藤には、強い動機がある。恋人の橋本由紀子を、伊知地に奪われた恨みだ。多分、伊藤は、由紀子をつけ廻していて、彼女が、あのホテルで、伊知地と逢引しているのを知ったのだろう。そのあと、彼女が帰ったのを確かめてから、伊藤は、部屋に入り、伊知地を毒殺した。そうしておいてから、罪を伊知地美代子にかぶせようと考え、彼女を怒らせるような密告電話をかけた。罠《わな》にはまった美代子は、かッとしてホテルに駈けつけ、死んでいる夫を、眠っていると思って、登山ナイフで刺してしまった。

「こんなところだろう」

と、私は、安田刑事にいった。

「伊藤は、四谷三丁目の双葉荘というアパートにいる筈だ。今頃は、してやったりと、ほくそ笑んでいるだろうから、すぐ、連行して来てくれ。寝ていたら、叩き起こして、引っ張ってくるんだ」

安田刑事は、新田刑事と飛び出して行ったが、一時間ほどして、伊藤を引っ張って帰って来た。

伊藤は、私の顔を見るなり、

「これは、何の真似なんだ？」

と、息まいた。

「そう怒りなさんな。手錠をかけられなかっただけ、有難いと思うんだな」

「おれなんかを連れてくる暇があったら、どうして、犯人を捕えないんだ？　せっかく、おれが教えてやったのに」

「伊知地美代子は、無実だよ」

「そんな筈はあるものか。おれは、あの女が、血相変えて、ホテルに飛び込むのを、この眼で見たんだ」

「他にも見ている証人はいる。彼女も、伊知地を刺したことを認めたよ」

「それなら、文句ないじゃないか。事件は終ったんだろう？」

「それが違うんだな。彼女が刺した時は、伊知地はもう死んでいたんだ。青酸中毒死でな」

「そんな――」

「お前さんは、確か、日曜日の午後四時半に、彼女が車で駈けつけたといったな？」

「そして、三十分ほどして出て来たんだ」

「とすると、自動的に、伊知地美代子は、シロになってしまうんだ。解剖の結果、死亡推定時刻は、午後二時から三時の間ということなんでね」

「ふーん」

「伊知地美代子は、真犯人にはめられたのさ。つまり、お前さんにだよ」

「まさか、このおれが、真犯人だなんていうんじゃないだろうね？」

「まさかじゃなくて、お前さんだと確信しているんだ。恋人をとられた口惜しさから、お前さんが、伊知地三郎を毒殺し、その罪を伊知地の奥さんになすりつけるために、彼女に電話したのさ。カッとした奥さんがホテルに駈けつけて来れば、誰かに目撃される。目撃されなければ、お前さん自身が、目撃者になりゃあいいんだからね。それに、奥さんが、旦那が死んでいるのに気がついたって、当然、疑いは彼女に集まる。お前さんは、そこまで計算していたに違いないさ」

「ちょっと待ってくれよ」と、伊藤は、手をふった。

「あんたは、大変な間違いをやらかしているんだ」

「そうかねえ」

「あんたが、伊知地がすでに毒殺されてるところへ奥さんが駈けつけたっていうんなら、きっと、そうなんだろうさ。それなら、確かに奥さんは無実だよ。だがよ。それだから、おれが犯人だってのは、ひどい短絡思考じゃないか。確かに、おれは、由紀子を奪った伊知地を恨んでいたさ。だけど、あんな中年男と心中する気はないよ。第一、死因は青酸カリによる中毒死だっていうんだろう？　おれが、どうやって、伊知地に青酸カリを飲ませられるんだい？　おれは、伊知地の顔は知ってたけど、話をしたこともないんだ。そんなおれの青酸カリを、伊知地が飲む筈がないじゃないか」

「そこは、上手くやったんだろうさ。何しろ、お前さんは、ベテラン刑事のわれわれを欺したくらいに、口が上手い筈だからな」

私がそういったとたん、伊藤が、ふと、笑ったのだ。気に入らない笑い方だった。追いつめられた犯人が、不貞くされて笑うことはよくある。だが、今、伊藤の口元に浮んだ笑いは、明らかに、それとは違っていた。自信に満ちた笑い方なのだ。私を、というより、警察のやり方を冷笑している。

私は、狼狽を覚えた。

(ひょっとすると、この青年も、犯人じゃないのではあるまいか)

10

「おれには、アリバイがあるよ」と、伊藤は、長い脚を投げ出した。

「確か、死んだのは、日曜日の午後二時から三時までの間だといったね?」

「そうだ」

「それなら、おれは、その時間には、この前いったホテルの前の喫茶店にいたよ。午後一時半頃から五時近くまで、コーヒーを三杯もお代りしながら粘っていたんだ。ウェイトレスが証言してくれるよ」

「お前さんをがっかりさせたくないんだが、毒殺のアリバイというやつは厄介でね。午後二時前に、お前さんが、青酸入りの缶ビールを渡したのかも知れんし、カプセル入りの毒を飲ませる方法だってある」

「カプセルか」

「何がおかしいんだ?」

「今度の場合は、おれのアリバイは成立するんだ。なぜなら、おれは、午後二時半頃に、あのホテルから、由紀子が出てくるのを見てるからだよ。おれが、奥さんに電話したすぐ後だ。これで、女たちがかち合って大げんかになる楽しみはなくなったと考えたから、よく覚えてるんだ。由紀子は、白いセーターに、ジーパンで、茶色いショルダーを下げていた。入口のドア・ボーイが覚えている筈さ。彼女は、そのボーイにぶつかったからね。由紀子は、きっと、前日土曜日の夜から泊り込んでいたんだろう。もし、おれに、カプセルを飲ませるチャンスがあったとしても、土曜日ということになる。カプセルが溶けるのは、長くても十五、六分しかかからない筈だ。とすりゃあ、伊知地は、日曜日の午後二時から三時までの間じゃなく、もっとずっと早く死んでる。おれが、毒入りの缶ビールを、前もって渡しておいて、伊知地が、日曜日の午後二時から三時の間に飲んで死んだとしたら、その缶が、部屋に残っていた筈だ。そんなものがあったかい？」

「なぜ、橋本由紀子のことを黙っていたんだ？」

「おれは、頭から奥さんが殺したものと思ってたからさ。それに、由紀子には、まだ未練があったから、自然にかばいたくなったのかも知れないな」

「かばうのも、時によりけりだ」

私は、すぐ、伊藤の言葉が正しいかどうか調べてみた。

ホテルのドア・ボーイは、日曜日の午後、自分にぶつかって出て行った女のことを覚えていた。時間は午後二時半頃。白いセーターにジーパン姿だったという。

また、ホテルの前にある喫茶店のウェイトレスは、コーヒーを三回お代りした客として、伊藤のことを覚えていた。時間は、はっきりしないが、昼過ぎにやって来て、ホテルの見える場所に夕方までいたと、ウェイトレスは証言した。

私は、安田刑事を連れて、目黒のニュー目黒レジデンスに急行した。だが、三〇九号室の主は、消えていた。

2LDKの部屋は、管理人がいったように、真新しい家具に占領されている。押入れの布団も新しい。ベランダには、洗濯したパンティやブラジャーが、夜気の中でゆれていた。

テーブルの上には、引き裂かれた伊知地三郎の写真が散乱している。

「どうやら、橋本由紀子という女は、伊知地三郎を憎むようになっていたらしいですな」

と、安田刑事は、写真の破片を集めながら私にいった。

「多分、奥さんと離婚するといってたのが嘘だと、バレでもしたんでしょう」

「それで、伊知地を毒殺して、逃げたか」

「管理人には、北海道の生れだといってたことがあるそうですから、そっちの方へ逃げたのかも知れません。すぐ、向うの道警へ連絡したらどうですか？」

「それは、ちょっと待ってくれ。それより、鑑識の飯島の親父さんに、すぐ来て貰ってくれ」

「どうかしたんですか？　主任」

「何か変なんだ」

「何がですか？」

「上手く証明できないがね。この部屋には、生活の匂いが感じられないんだよ」

「そんなことはないでしょう。ベランダには、ブラジャーやパンティが干してあるし、さっき、冷蔵庫を調べたら、玉子や肉や、野菜が詰っていましたよ」

「そうさ。だから、よけいに気になるんだよ」

鑑識の飯島技官が、三十分後に駈けつけて、部屋の中を調べてくれた。

「どうだい？」

と、私がきくと、

「佐々木さんよ。ここに住んでいた女は、幽霊かも知れないねえ」

「なぜだい？」

「部屋の隅から隅まで調べたんだが、指紋が一つも見つからないのさ。一つもだぜ。つまり、ここに住んでいた女性は、どこもかしこも、きれいに拭き取ってから消えたことになるんだ」

「やっぱりな」

「やっぱりってのは、どういうことだい？」

「橋本由紀子は、指紋を見つけられると困ったことになるってことだよ」

「前科者カードにのってるってことかい？」

「そうじゃないよ。親父さん。この部屋を見てくれ。パンティとブラジャーは干したままだし、引き裂いた写真は散らばったままだ。週刊誌も、畳の上に散乱している。つまり、あわてて、高飛びしたって感じだ。新宿のホテルで、伊知地を毒殺したあと、すぐ逃亡したように見えるじゃないか。その一方で、冷静に、部屋の隅から隅まで、拭きあげて指紋を消している。矛盾しているよ」

「前科者でもないのに、指紋を消して逃げたというと？」

「指紋を照合されると、困るということだよ。なぜ困るのか。それは、事件の関係者の中の指紋と一致しちまうということさ。つまり、橋本由紀子なんて女はいなかったんだ。伊知地美代子なんだよ」

「しかし、伊知地美代子は、金縁眼鏡に、宝石入りの指輪で、橋本由紀子の方は、男物のシャツにジーパンなんだろう。イメージが違い過ぎやしないかい？」

「伊藤がいっていたよ。美代子は、昔、Kという劇団にいたことがあるとね。今度の事件は、最初から芝居だらけだったのさ。伊知地美代子に、伊藤という若い恋人が出来た。その時から、事件が始まっていたんだ。夫の伊知地が邪魔だが、ただ殺せば、疑いはすぐ妻の美代子にかかってくる。それで、遠大な殺人計画を立てた。まず、橋本由紀子という架空の女を作りあげる。伊知地の二号というわけだ。三カ月前に、この部屋を借りた。実在の人物らしく見せるために、由紀子に扮した美代子が、男物のシャツにジーパン姿で、洗濯をしたり、管理人と喋ったりする。だがね、夫の伊知地が、会社から帰る頃には、桜上水に戻っていなければならない。昼はここにいられても、ここに泊るわけにはいかないんだ。生活の実感のない部屋だと感じたのは、寝泊りしたことのない部屋だからだったのさ」

「じゃあ、伊知地美代子は、二度も、旦那を殺したわけかい？」

「そうだよ。二号の橋本由紀子として毒殺し、次に、嫉妬に狂った妻の美代子としてナイフで刺したんだ。もちろん、最後には、罪は、架空の橋本由紀子にかぶせられると確信してさ」

「しかし、主任」と、安田刑事が、口を挟んだ。

「よく、伊知地が、ホテルにおびき出されましたね」

「そのために、あの日を選んだのさ。日曜日は、あの夫婦の結婚記念日だったんだ。独り者のヤスさんにはわかるまいが、妻君から、今夜は、ホテルで結婚記念日を過ごしましょうよといわれれば、たいていの旦那は賛成するもんだよ。偽名を使ったのも、二人だけでと、美代子が上手に持ちかけて、偽名を使わせたんだと思うね。ちょっと偽名でホテルに泊ったりするのも、結構楽しいもんだからね」

「しかし、橋本由紀子が、伊知地美代子である確固とした証拠がないと――」

「だから、指紋が一つでも欲しいんだ。親父さん。もう一度、調べてくれないか」

「無駄だと思うがねえ。とにかく、よく拭き取ってあるよ」

飯島技官は、肩をすくめたが、それでも、鑑識課員を督励して、もう一度、部屋の隅から隅まで調べ直してくれた。

三十分もたった頃、「見つけたぞッ」と、飯島技官が、どら声をあげた。

「どこにあったんだい？」

「下駄箱の中にあったサンダルだよ」

「なぜ、サンダルなんかに？」

「見ろよ」

と、飯島の親父さんは、皮製のサンダルを、鉛筆に突き刺して、私に見せてくれた。

「このサンダルは、履く時、皮のバンドをボタンで止めるようになってるんだ。指で強く押さなきゃ、ボタンははまらない。右手の指紋が、ばっちり検出できたよ。犯人も、足にはくものに、指紋をつけたとは、考え及ばなかったんだろうね」

指紋は一致し、事件は解決した。

丸二日間、家に帰っていない私は、疲れた足を引きずるようにして、署を出た。駅で下りてから、まだ妻の保子と和解していなかったことを思い出し、駅前の貴金属店に入った。ケースの中には、二十万、三十万といった宝石が並んでいるが、私の安月給では、手が出ない。

「この二万円の指輪でいいんだがね」

と、私は遠慮がちに、店員にいった。

「家内への贈り物にしたいんだ。リボンをかけてくれないか」

「承知いたしました」

「それからねえ。月賦《げっぷ》にして貰えないかね?」

「そりゃあ、お客様の身元さえはっきりしていれば、月賦でも構いませんが」

「身元は、まあ、しっかりしている方だと思うんだ」

私は、警察手帳を見せた。

店員が、微笑した。

「警察の方でしたら、喜んで月賦にさせて頂きます」

「ありがとう」と、私はいった。

「これを見せて、相手に喜ばれたのは、今度がはじめてだよ」

私を殺さないで

1

　夜になろうとしていた。

　菊川《きくかわ》は、ご機嫌《きげん》で、買い代えたばかりのスポーツカーを走らせていた。車はピカピカの新車だし、東名高速は空《す》いていた。それに、隣の助手席には、ピチピチした女の子が乗っている。

　テレビタレントの愛川《あいかわ》マリだった。まだ、タレントの卵といったほうがいいかもしれない。それだけに、新鮮で、菊川も食欲がわいていた。彼女のほうでも、新進カメラマンの菊川に認められたら、自分を売り出すのに役に立つと、計算していた。魚心に水心というやつで、さっきから、ときどき、彼女のほうから身体を押しつけてくる。

「ラジオをつけるわよ」

　と愛川マリがいい、手を伸《の》ばして、スイッチを入れた。

〈ただ今から、リクエストタイムです〉

　男のアナウンサーの声が聴《き》こえた。若いディスクジョッキーの多い最近には珍しく、渋い中年の声だった。

「西井純《にしいじゅん》よ」

と、マリが、子供っぽい声でいった。

「ふん」と、菊川は、鼻を鳴らした。

「今どき、中年男のディスクジョッキーなんて、冴《さ》えねえなあ」

「でも、この声、一寸《ちょっと》しびれるじゃない」

と、マリが、いったとき、

〈では、最初のリクエスト曲をお送りします〉

と、その西井純が、気取った声でいった。

〈ええと、東京にお住いの菊川次郎さんへお送りする曲です〉

「先生の名前よ」

マリがニヤッと笑って、菊川を見た。菊川は、また、「ふん」と鼻を鳴らして、

「おれは、こんな番組にハガキを出したことはないぜ」

「違うのよ」

と、マリは、煙草《たばこ》をくわえてから、

「ハガキで自分の知ってる人に、何かの曲をプレゼントするのよ。だから、きっと、先生の知っている人が、ハガキを出したんだわ」

「ふーん」

〈これも、同じく東京にお住いの青木順子《あおきじゅんこ》さんからのプレゼントです。二年前の夏の思い出のためにと書いてあります。きっとロマンチックな出来事があったんでしょう〉

「へえ」

と、マリは、運転している菊川の顔を見て、ニヤニヤした。

「青木順子って、どんなひと？」

「おれは知らん」

「何だか怪しいぞオ」

「知らんといったら、知らん」

と、菊川が、強い声でいったとき、西井純が、こういった。

〈ではお送りします。曲は、『私を殺さないで』なかなか意味深な曲ですね〉

とたんに、菊川は、ハンドルの操作をあやまり、あやうく、ガードレールに激突しそうになった。

マリが、甲高《かんだか》い悲鳴をあげた。

どうにか、車は元の状態に戻《もど》ったが、菊川は、荒い息を吐《は》き、道路の端に止めてしまった。菊川の顔に、ベットリと脂汗《あぶらあせ》が浮かんでいた。

「どうしたのよ。先生？」

マリも、息をはずませながら、菊川を見た。

「一瞬、手が滑《すべ》ったんだ。それだけだ」

「もう少しで、死ぬところだったわよ」

「ああ」

「こんなとこで心中《しんじゅう》なんて嫌《いや》よ」

「わかってるさ。それより、ラジオを止めてくれ。その曲を聴いていると、いらいらしてくるんだ」

「でも、この『私を殺さないで』って、今、流行《はや》ってるのよ。フランス映画の主題曲で」

「いいから、止めるんだッ」

と、菊川が怒鳴った。

その見幕《けんまく》に驚いて、マリは、あわてて、ラジオのスイッチを切った。

2

菊川は、そのまま東京へ引き返した。愛川マリは、ブツブツと文句をいったが、菊川は怒鳴り返し、途中で放り出してしまった。それほど、ラジオの放送は、彼にとって、ショックだったのである。

翌日、菊川は、『ラジオ太陽』を訪ねた。

『ラジオ太陽』は、『太陽テレビ』の隣りにあり、小さいが、しゃれたビルだった。

受付で名刺を渡し、ディスクジョッキーをやっている西井純に会いたいと告げた。しばらく待たされた。受付嬢が、電話で西井の都合《つごう》を問い合わせている間、菊川は、いらいらしながら、その前を往《い》ったり来たりした。

(青木順子が生きているはずがない)

と、菊川は、自分にいい聞かせた。

（きっと同名異人だ。それに、菊川次郎という名前だって、沢山いるはずだ――）

「あの――」

という受付嬢の声で、菊川は、現実に引き戻された。

「お会いするそうです」

と、彼女がいった。

二、三分して、三十五、六の痩《や》せた男が、階段を降りて来た。一見神経質な感じのその男が、西井純だった。

西井は、菊川を地下の喫茶室へ案内した。

「菊川さんの写真は、いくつも拝見しています。センスが新しい」

と、西井は、如才《じょさい》のないいい方をした。菊川は、ニヤニヤしたが、すぐ難しい顔になって、

「昨夜、あなたがやったディスクジョッキーの中に、僕へプレゼントされたリクエスト曲があったんですが」

「そうでしたか？　何しろ、あの時間には、二十通近いハガキを読むものですから、どうも、――」

「リクエスト曲は、『私を殺さないで』ですよ」

「ええと。ああ思い出しましたよ。確かにありましたが、あなた宛《あて》とは思いませんでした。確か、贈《おく》り主は、女性でしたね」

「そのハガキを見せて貰《もら》えませんか？」

「何故《なぜ》、ご覧になりたいんです？」

「その女性が、どうしても思い出せないんですよ。それで、どうも気になりましてねえ」

「なるほど。では、持って来ましょう」

西井は、気軽に立ち上がり、問題のハガキを持って来てくれた。

「これですよ」

と、渡されたハガキを、菊川は、険《けわ》しい眼で見つめた。裏には、確かに、

〈東京に住んでいらっしゃる菊川次郎さんへ。二年前の夏の思い出に。

リクエスト曲『私を殺さないで』〉

と、書いてあった。

右下がりのクセの強い字に、菊川は覚えがあった。

菊川は、蒼《あお》ざめた顔で、差出人の文字を読んだ。

〈新宿区四谷《よつや》三丁目　平和荘　青木順子〉

と、そこにも、右下がりの字が書いてあった。

「菊川さんの初恋の女性じゃないんですか？」

と、西井純が笑いながらきいた。「いや」と、菊川は、首を横に振った。

「僕の知らない人でした」

だが、菊川は、素早く、青木順子の住所を頭に叩《たた》き込んでいた。

菊川は、礼をいって、西井と別れた。

車に乗り込んだが、スタートさせる勇気がすぐにはわいてこなかった。

（青木順子は、二年前に死んだはずだ）

と、一方で思いながら、あのハガキにあった、クセの強い字は、彼女の字によく似ていると思う。

（だが、ひょっとして、彼女が生きていたら？）

と考えると、確かめるのが怖《こわ》くなってくるのだ。

彼女が生きていた。二年前のあの事件を、世間に喋《しゃべ》り廻《まわ》ったら、折角築いた新進のカメラマンの地位が危うくなる。

菊川は、唇《くちびる》を噛《か》んだ。

もし、青木順子が生きていて、復讐《ふくしゅう》の手はじめに、あんなリクエストのハガキを出したのだとすると、彼女は、菊川を叩きのめす気でいるのだ。

菊川は、ゆっくりと、車をスタートさせた。彼女が生きているのなら、どんな手段を使ってでも、その口を封じなければならない。

四谷三丁目につくと、わざと、人通りの少ない裏通りに車を止めた。

車を降りて、平和荘というアパートを探した。細い路地の奥に、そのアパートはあった。モルタル塗りの安アパートである。

菊川は、中年女の管理人に会った。

「ここに、青木順子という若い娘がいるはずなんだが」

と、きくと、管理人は、首をすくめた。

「そんな人はいませんよ」

「おかしいな。本当にいないのかい？」

「いませんよ。嘘《うそ》だと思うんなら、そこに並んでいる郵便受けを見て下さいよ。青木なんて名前は一つもないでしょう？」

確かにそのとおりだった。

「じゃあ、こういう娘はいないかな」

と、菊川は、自分の知っている青木順子の人相を話してみた。が、管理人の返事は、同じだった。

「そんな人はいませんよ。何かあったんですか？　まさか、うちの名前を使って、その女がサギでも働いたんじゃないでしょうねえ」

「いや、いないならいいんだ」

菊川は、それだけいって、アパートを出た。

菊川は、車に戻った。私立探偵にでも頼んで、あのアパートを調べさせよう。そうすれば、管理人が嘘をついているかどうか、わかるだろう。

菊川は、車をスタートさせた。大通りへ出て、スピードをあげた。

（青木順子は、生きているのだろうか？　それとも、誰《だれ》かが彼女の名前を使って、おれを脅迫《きょうはく》しようとしているのだろうか？）

眼の前の信号が、赤に変った。

菊川は、あわててブレーキを踏んだ。が、どうしたことか、ブレーキが全然きかない。眼の前に、右側から出て来たダンプカーの巨大な横腹が、ものすごい勢いで、クローズアップしてきた。

一瞬の出来事だった。菊川の乗ったスポーツカーは、西陽《にしび》の中で宙に舞い、舗道《ほどう》に叩きつけられた。

通行人が悲鳴をあげ、三十歳の新進カメラマンが死んだ。

3

最初、この事故を、殺人と考える者は誰もいなかった。

それにも拘《かかわ》らず、多くの新聞が、社会面で大きく写真入りで取り上げたのは、死んだ菊川が、売り出し中の若手カメラマンだったことと、最近になって、欠陥車が社会問題化しているためのようだった。

事実、ある新聞は、せっかちに、《ブレーキ故障が死を招く?》と、疑問符つきではあったが、自動車会社が頭にくるような見出しをつけた。

問題のスポーツカーのメーカーT自動車では、技術者を派遣《はけん》して、事故の原因を調べさせた。その報告は、警察にも、コピーが送られたが、結論は、「構造上の欠陥は認められない」というものだった。

そして、報告書には、次の言葉が書き添えてあった。

〈人為《じんい》的な細工が、ブレーキ系統に加えられた形跡がある〉

T自動車側のつもりでは、暗に、競争会社の陰謀を臭《にお》わせたのだろう。事実、その意味に受け取った人々もいたようだが、警察は、別の意味に受け取った。

特に、捜査一課の刑事たちは、この文章から、たった一つの意味しか考えなかった。

〈殺人の可能性がある〉

その意味だけだった。

勿論《もちろん》、捜査本部が設けられたわけではなく、ベテランの三崎《みさき》刑事一人が、捜査を命じられた。

三崎刑事の趣味は、カメラである。カメラ雑誌を買っていたから、死んだ菊川の名前は知っていた。

三崎は、まず、T自動車へ行き、事故原因を調べた二人の技師に会った。

「報告書の中にあった、人為的な細工というのは、具体的にどういうことですか？」

と、三崎はきいた。年長の技師が、メモを取り出して、

「事故を起こした車には、ブレーキ系統の故障はありませんでした。それなのにブレーキをかけた形跡がないのです。ということは、ブレーキに細工がしてあって、菊川さんが踏んだが、作動しなかったということだと思うのです」

「その証拠は、見つかったのですか？」

「いや。ああペチャンコになってしまえば、細工の跡は残りませんのでねえ」

と、技師は、首をすくめた。

「ブレーキに細工するのは、易《やさ》しいですか？」

「割りと簡単ですね。ブレーキ板を踏んでも、下におりないようにするには、何かはさんでおけばいいんですからね。こんなのは、子供でも出来ますよ」

「なるほどね」

と、三崎は、肯《うなず》いた。どうやら、殺人事件の臭いが強くなってきたようだと、指先で、鼻の頭をこすった。

三崎は、翌日、テレビタレントの愛川マリに会った。菊川と親しくしていたと聞い

たからである。

彼女から聞かされたのは、『ラジオ太陽』のリクエスト曲のことだった。

三崎の眼が光った。死ぬ前日のことだというが、何か関係があるのかもしれない。

「とにかく変だったわ。菊川先生の顔色が変っちゃったんだから」

と、マリは、大袈裟《おおげさ》に肩をすくめて、

「あのときは、本当に、ガードレールにぶつかって死ぬかと思ったわ」

「ハガキの主は、青木順子という名前だったんだね？」

「そうよ」

「二年前の夏の思い出のためにか――」

「きっと、二年前に何かあったのね」

「そのあと、すぐ、東京へ引き返してしまったんだね？」

「そうなの。バカバカしいったら、ありゃしなかったわ」

マリは、また肩をすくめてみせた。

三崎は、東京に引き返した菊川が、どうしたろうと考えた。考えられることは、一つしかなかった。『ラジオ太陽』に行き、問題のディスクジョッキーの担当者に会ったに違いない。

三崎も、『ラジオ太陽』に行き、西井純に会った。

西井が、三崎の考えの正しさを証明してくれた。菊川も、ここへ来て、問題のハガキを見て帰ったのだ。

三崎も、そのハガキを見せて貰った。彼も、菊川がそうしたように、まず本文を見、それから、住所と名前を見た。

「四谷三丁目か――」

と、三崎は、口の中で呟《つぶや》き、事故の現場が、その近くだったのを思い出した。これで、どうやら、青木順子と、菊川の死は結びついてきた。

(だが、青木順子とは、一体、何者なのだろう？)

三崎は、そのハガキを借りて、今度は、四谷三丁目の平和荘アパートを訪ねた。だが、そこで得られたのは、事故の日に、菊川も、青木順子のことをききに来たということだけだった。管理人は、青木順子という住人はいないと主張した。

「事故で死んだ人も、ここに住んでいるはずだって、しつこくいってましたけどね。いないものは、仕方がありませんよ」

と、管理人は、眉《まゆ》をしかめて見せた。

三崎は、礼をいってアパートを出、事故のあった交叉点に向って歩きながら、心に、疑問が、次々にわき出してくるのを感じた。

ブレーキに細工して、誰かが、菊川を殺したとすれば、犯人は、菊川が、アパートの管理人に会っている間に、やったことになる。『ラジオ太陽』からここまでは、無事に走って来ているからである。だが、何故、ここでやったのだろうか？　菊川の住んでいたマンションは、代々木《よよぎ》にある。あの駐車場でも、出来たはずだ。

青木順子とは、どんな女なのか。それに、二年前の夏に何があったのか。平和荘アパートは、全く無関係なのか。

三崎が、そうした数々の疑問を抱《かか》えて、当惑《とうわく》している間に、第二の殺人事件が起きた。

4

それは、最初、殺人事件とは考えられなかった。

相模湖《さがみこ》へ夜釣《よづ》りに来て、一人の男が、足を踏み外《はず》して落ちた。そして溺死《できし》。と、どの新聞も書いたし、青木順子を追っていた三崎は、その記事を読みもしなかった。

事件に関係があると知ったのは、『ラジオ太陽』の西井純が、三崎を訪ねて来たからである。

「あの記事をご覧になりましたか？」

と、いきなり切り出されて、三崎はとっさには、何のことかわからず、きょとんとしていると、

「これですよ」

と西井は、新聞の切抜きを取り出して、三崎に見せた。

〈――豊島区池袋《としまくいけぶくろ》三丁目の洋品店主、藤堂太吉《とうどうたきち》さん（四二）が、相模湖で水死体で発見された。昨日、夜釣りに来て落ちたものと思われる――〉

「これが、どうかしたんですか？」

「もう一つ、このハガキを読んで頂《いただ》けば、私が、ここに来たわけが、おわかりになる

と思いますよ」

西井は、今度は、一枚のハガキを、三崎に見せた。

〈東京で洋品店をやっていらっしゃる藤堂太吉さんへ。伊豆《いず》での思い出に。リクエスト曲『私を殺さないで』――〉

ハガキには、そう書いてあった。差出人の欄《らん》には、「相模湖にて、J・A」と書いてある。

三崎の眼が光った。

「なるほどね。J・Aというのは、青木順子のイニシャルと一致しますね」

「ええ、新聞で、藤堂太吉という人が死んだと知って、初めて、あっと思ったんです。それで、あわてて、お知らせにあがったんです」

「このハガキは、ディスクジョッキーで放送したんですね?」

「ええ。放送しました。そのときは、例のハガキとは、文面が違うので、気がつかなかったんです。それに、J・Aも、まさか、青木順子と一致するとは考えませんでしたから」

「リクエスト曲は一致していますね」

「ええ。でも、この曲は、今、ひどく流行っていましてね。十通のうち、五通は、この曲をリクエストしてくるもんですから、つい、見過ごしてしまったんです」

「それで、藤堂という人も、ハガキを見に、ラジオ局へ来たんですか？」

「私のいないときに、電話で問い合わせてきたそうです」

「どんな問い合わせだったんです？」

「ハガキを、読んでくれといったそうです」

と、いってから、西井は、

「やっぱり、藤堂さんも、事故死でなく、殺されたんでしょうか？」

「その可能性がありますね」

「それで、青木順子という女のことで、何かわかりましたか？」

「残念ながら、まだわからないんですが、それで、貴方《あなた》に、お願いがあるんですよ」

「どんなことでしょうか？」

「ひょっとすると、三通目のリクエストハガキが、くるかもしれません。そうなったら、放送する前に、ハガキを、私に見せて貰いたいんですが」

「三通目がくるでしょうか?」

「可能性はありますよ」

「わかりました。同じハガキがきたら、放送前に、貴方にお知らせします。ハガキを選ぶ係の人に、よくいっておきましょう」

と、西井は、約束してくれた。

西井が帰ったあと、三崎は、池袋の藤堂太吉の店を訪ねてみることにした。

池袋駅から歩いて十分ほどのところにあるその洋品店は、カーテンが閉まり、忌《き》中《ちゅう》の紙が貼《は》ってあった。

三崎は、未亡人に会った。いかにも平凡な感じの女で、刑事が訪ねて来たことに、戸惑《とまど》いしているのが、はっきりとわかった。

生前の夫が、何か警察に調べられるような悪いことをしていたのかとそれが不安らしかった。

「ご主人のことで、一寸お話を伺いたくて来たのです。別に大したことではありません」

と、三崎は、相手を安心させるように、わざとゆっくりといった。

「ご主人の口から、青木順子という名前を聞いたことはありませんか？」

「いいえ」

と、彼女は、蒼白《あおじろ》い顔で否定した。嘘《うそ》をついているようには見えなかった。

「では、菊川次郎というカメラマンの名前はいかがです？」

「いいえ、聞いたことがございませんけど」

「そうですか」

三崎は、失望した。念のために、最近、届いた手紙を持って来て貰ったが、その中には、青木順子の名前も、菊川次郎の名前もなかった。

三崎は、質問を変えてみた。

「二年前の夏、伊豆へ行かれませんでしたか？」

「二年前に、伊豆の何処《どこ》でしょうか？」

「それがわからないのですよ。どうです？　伊豆の何処かへ行きませんでしたか？」

「あたしは行きませんでした。でも、主人は旅行好きですから、行ったかもしれませんん」

あいまいない方だった。

三崎は、亡《な》くなった藤堂太吉の使っていた部屋を見せて貰った。二階の三畳を書斎《しょさい》代わりにしていたという。

雑然とした部屋だったが、カメラが三台もあるのに気がついた。どれも、高級品だった。

三崎が日頃《ひごろ》から欲しいと思っているカメラばかりである。

藤堂という男は、カメラの趣味があったのか。そうすると、菊川とは、カメラという点で結びつくのだろうか。

だが、どう結びつくのか、見当がつかない。

アルバムが、十冊近くあった。女性のヌード写真が、やたらに多い。その中に、青木順子がいるのかもしれないが、三崎にはわからなかった。菊川の写真はなかった。

三崎は、失望して、藤堂洋品店を出た。

5

二日間が空《むな》しく過ぎた。その間、三崎は、相模湖にも出かけてみた。そこでわかったのは、藤堂太吉と思われる男が、湖畔《こはん》にあるホテルに来て、青木順子という泊り客がいないかときいて廻《まわ》ったことだけだった。「いない」という返事に、失望して帰って行ったが、そのあと、藤堂は、水死体で発見されたのである。

わかったのは、それだけだった。肝心《かんじん》のことは、何一つわからなかった。

『ラジオ太陽』の西井から電話が掛ってきたのは、そんなときだった。

「例のハガキが、またきたんです」

と、西井が甲高い声でいった。

「またきた？」

と、三崎の声が、思わず大きくなった。

「そうなんです。差出人の名前は、青木順子になっています」

「リクエスト曲は、例のやつですか？」

「そうです。『私を殺さないで』です。これからハガキを持って行きましょうか？」

「いや。こちらから行きます」

三崎は、受話器を置くと、部屋を飛び出した。

西井は、『ラジオ太陽』の入口で待っていてくれた。

三崎は、そこで、問題のハガキを受け取った。

西井のいうとおり、前の二通と同じ筆跡だった。

〈東京で、スーパーマーケットを経営していらっしゃる五十嵐達彦《いがらしたつひこ》さんへ。

二年前の八月の思い出に。

リクエスト曲『私を殺さないで』〉

差出人のところには、〈西伊豆にて、青木順子〉と、書いてあった。

「同じでしょう？」

と、西井がいった。三崎は肯いた。

「放送前に知らせて頂《いただ》いて助かりましたよ。第三の犠牲者は、出さなくて、すみそうですからね」

「この五十嵐という人も、前の二人と同じような目に遭《あ》うと思うんですか？」

「恐らくね」

「しかし、何故、狙《ねら》われるんですか」

「私も、それを知りたいんですよ。残念ながら、前の二人は死んでしまっているので、きくことが出来ませんでしたが、今度は、それがわかりそうですよ」

三崎は、礼をいって、西井とわかれると、近くの公衆電話ボックスに飛び込んで、電話帳を広げた。

五十嵐達彦という名前は、三つ並んでいた。

その三人に、三崎は、片っ端から電話をかけてみた。

その中の、六本木《ろっぽんぎ》の住人が、スーパーマーケットの持ち主だった。かなり大きなスーパーだった。

その社長室で、三崎は、五十嵐達彦に会った。

三十歳くらいの若い男だった。去年父親のあとをついで社長になったのだといった。

「いわば、親の七光りです」

と、五十嵐は、笑った。が、三崎が、問題のハガキを見せると、その笑顔は、急に凍《こお》りついてしまった。

血色のいい顔が、蒼ざめてしまった。三崎の予期したとおりの反応だった。

「青木順子という女を、ご存知ですね？」

と、三崎は、相手の顔を見つめた。

「いや」と、五十嵐は、殆《ほとん》ど反射的に首を横に振った。

「こんな女は知りませんよ」

「貴方は、嘘をついていますね」

「知らないから、知らないといっているだけです」

「しかし、そこに、はっきりと、スーパーマーケットを経営している五十嵐達彦さんへと書いてありますよ」

「だから、どうだというんです？　僕と同じ名前の人は、何人もいるでしょう？」

「ところが東京でスーパーマーケットをやっている五十嵐達彦は、貴方だけです」

「――――」

「いいですか。貴方の他に、二人の男が、青木順子からリクエスト曲を贈られているのです。そして、この二人は、死んでいるのですよ。名前は、菊川次郎と、藤堂太吉です」

「死んだ――のですか？」

「そうです。死んだんです。それも、殺されたという可能性が強いのですよ」

「――」

「この二人を知っていますね？」

「いや、知らん。知りませんよ」

「青木順子というのは、一体、何者なんですか？」

「知りませんよ」

「私は、貴方を助けたいのですよ」

「何故、僕が殺されるんですか？　そんないい方は迷惑ですよ」

五十嵐は、眉をしかめ、吐《は》き捨てるようないい方をした。

「しかし――」

と、三崎がいいかけると、五十嵐は、急に立ち上がって、社長室を飛び出してしまった。

「待って下さい」

三崎は、あわてて声をかけた。が、彼が、テーブルの上に置いたハガキを取り上げているうちに、階下で、エンジンの音がした。

三崎は、入口に向って走った。彼が外に飛び出したとき、五十嵐の乗ったスポーツカーは、うなるようなエンジン音を残して、走り去ってしまった。

6

三崎は、ひとまず署に戻って、捜査一課に報告した。

「五十嵐は、恐らく、ハガキにあった西伊豆へ行ったんだろうと思います」

と、三崎はいった。

小太りの一課長は、椅子《いす》をきしませてから、

「青木順子に会いに行ったということかね？」

「そうです」

「しかし、西伊豆だけでは、探しようがないな」

「それで困っているのです」

「五十嵐が、西伊豆へ行ったとして、前の二人のようになると思うかね？」

「青木順子が、待ち構えているとすれば、前の二人と同じように事故死に見せかけて、殺される可能性があります」

「三人の男の共通点は見つかったのかね？」

「これはというものはありませんが、写真好きという点では一致しています」

「五十嵐も、カメラの趣味があるのかね？」

「彼の友人に聞いたんですが、父親のあとをついで、社長に就任するまでは、かなりカメラにこっていたそうです」

「しかし、それだけじゃあ、二年前の事件というのが、どんなものか、想像がつかんな」

「そうです。しかし、ここで考えていても、どうにもなりません。私を西伊豆へ行かせてくれませんか？」

と、三崎は、一課長に頼んだ。

「そうだな」

と、一課長は、しばらく考えてから、三崎の伊豆行を許可してくれた。

三崎は、その日のうちに、東京を発《た》った。

まず、静岡県警へ行った。助力を頼むつもりだった。

静岡へ行く列車の中で、三崎は、事件の経過を改めて振り返ってみた。

二年前の八月に、西伊豆で何か事件があったことは確かだ。もし、『私を殺さないで』というリクエスト曲が、象徴的な意味を持っているとすれば、殺人事件であろう。そこで殺されたのは、青木順子という女性なのかもしれない。とすると、ハガキの主は、青木順子の肉親か恋人ということになるが。

この推測が当っているとすれば、菊川、藤堂、五十嵐の三人は、二年前に、西伊豆で青木順子を殺した犯人ということになる。殺人事件だからこそ、五十嵐は、身に危険を感じながら、警察に助けを借りることが出来なかったのだろう。

ここまでは、推測出来るのだが、疑問のほうも、後から後からとわいてきて、三崎を当惑させた。

犯人は、何故、直接菊川たちに手紙を出さず、『ラジオ太陽』にハガキを出すというような、まどろっこしい方法をとったのだろうか。

何故『ラジオ太陽』にだけ投書がくるのか。他《ほか》のラジオ局にも、犯人は投書したのだが、選ばれなかっただけなのか。それとも、青木順子が、『ラジオ太陽』なり、西井純が好きだったからなのか。また、西井純が、犯人ではないかという疑惑も、三崎の胸にはあった。彼なら、三枚のハガキに眼を通しているのだから、待ち受けていて殺すことも出来る。だが、証拠はなかったし、犯人にしては、警察に協力的であり過ぎる感じがする。とにかく、青木順子が、どんな女なのか、わからなくては話にならない。

静岡に着いたときは、夜に入っていた。県警には、当直の刑事が三人いただけだったが、三崎の話を聞いて、すぐ、協力を約束してくれた。

テーブルの上に、伊豆半島の地図が広げられた。

「西伊豆といっても、広いですからねえ」

と、彼等の一人が、難しい顔でいった。

「それに、最近は、たいていのところへ車で行けるように道が通りましたからね。スポーツカーで行ったといっても、場所は限定出来ませんし」

「二年前の八月に、西伊豆で起きた事件がわかれば、場所を限定出来ると思うんですがね」

と、三崎はいった。五十嵐は、恐らく、その事件のあった場所に行ったに違いない。

「よし。調べてみましょう」

と県警の刑事たちは、キャビネットから二年前の八月中の日誌を取り出して来た。

「一体、どんな事件です？」

と、頁《ページ》をめくりながらきいた。

「多分、殺人事件だと思います。被害者の名前は青木順子」

と、三崎はいった。

八月は、海水浴シーズンだけに、西伊豆でも水死事件が何件かあった。しかし、その中に、青木順子の名前はなかった。

殺人事件は、二件起きていた。が、二件とも被害者は男で、犯人は逮捕《たいほ》されている。

「他には、ありませんねえ」

と、県警の刑事が、いくらか疲れた声でいった。

（すると、まだ、死体が見つかっていないのだろうか）

と、三崎は考えた。

「とにかく、朝になったら、車で、西伊豆を走ってみましょう」

と、県警の刑事が、いってくれた。

その夜は、三崎は、県警の建物で寝た。

翌日、ジープを用意してくれた。県警の刑事一人と、三崎が乗り込み、出発しようとしたとき、若い警官が飛び出して来て、

「今、大瀬岬《おせみさき》で、男の死体が見つかったそうです」

と、いった。

7

詳細はわからないが、年齢は三十歳前後だという。五十嵐達彦と、その点は一致している。

「とにかく、行ってみましょう」

と、県警の刑事は、ジープをスタートさせた。

大瀬岬は、西海岸の肩口のところに、小さく突き出している岬である。

「あそこは、海岸が遠浅ですから、夏の盛りは海水浴客で賑《にぎ》やかですが、今頃《いまごろ》になると、やっと静かになりますよ」

と、ジープを運転しながら、県警の刑事が説明してくれた。旅館は二軒あるが、冬には客がないので閉めてしまうのだという。

二時間近くかかった。大瀬岬にいった。岬の根元のところに駐車場があり、三崎たちはそこから歩いて行った。鉄分を含んでいるらしく、長く続く砂浜は赤かった。赤い砂は、美しいが不気味でもあった。

岬の中央部には、ビャクシンの森があった。その森の中から、駐在の巡査が姿を現わして、三崎たちを迎えた。

「見つかったのは、あの森の中です」

と、中年の巡査は、緊張した顔でいった。

「小さな池があるんですが、そこに浮かんでいるのを、地元の漁師が発見したんです。死体は、池の傍《そば》に引《ひ》き揚《あ》げました」

「案内して下さい」

と、三崎はいった。

三崎たちは、ビャクシンの森に入った。細い遊歩道がついていたが、天にとどくような巨木が頭上を蔽《おお》っていて、ひどく薄暗かった。

百メートルほど歩くと、小さな池が現われた。水面は青かった。

男の死体は、池の傍に、仰向《あおむ》きに寝かされ、ムシロがかぶせてあった。

駐在の巡査が、ムシロをめくりあげた。あの男だった。間違いなく、五十嵐達彦だった。

三崎は、発見者だという漁師に会った。まっ黒に陽焼《ひや》けした若者だった。彼は、この森の中にある神社にお参りに来て、死体を見つけたのだといった。

「なんか、黒っぽいものが、プカプカ池に浮かんでいたんで、よく見たら人間だったんだ。それで、驚いて駐在に知らせたんです」

「それで、私が駈《か》けつけたわけですが、最初は、酔っ払って落ちたんだろうと思いました」

と、駐在の巡査が、漁師の言葉を引き取るようにして、三崎に説明した。

「ところが、殺しとわかったんです」

「何故、殺しとわかったんです？」

「背中を見て下さい」

と、駐在の巡査は、無造作《むぞうさ》に死体をひっくり返した。

背中には、はっきりと突き傷があった。ポロシャツの上から、恐らく、ナイフででも刺したのだろう。

「殺しですね」

と、県警の刑事がいった。

三崎も、肯いた。が、その顔には、当惑の色が浮かんでいた。何故、犯人は、今度にかぎって事故死に見せかけようとせず、はっきり殺しとわかるやり方をしたのだろうか。

三崎は、池をのぞき込んだ。

その途端、池の中央部に小波《さざなみ》が立ち、それが見る見るうちに、三崎のほうに殺到してきた。

三崎は、ぎょっとして、思わず後ずさりした。よく見ると、それは魚だった。無数の魚が、池の底からわき上がって来て、三崎のほうへ集まって来るのだ。それは、何千、いや何万という鯉《こい》や鮒《ふな》だった。

「刑事さんの影が水に映《うつ》ったものだから、魚たちが、餌《えさ》にありつけると思って、集まって来たんです」

と、漁師がいった。この池は、神の池と呼ばれて、禁釣《きんちょう》池になっているので、魚が人に慣れているのだという。

それで、理由はわかったが、三崎は、ふと、無数の魚が五十嵐達彦の死体に群《むら》がっている光景を想像して、胸がむかついた。

死体は、ひとまず、近くの旅館へ運ばれた。県警の刑事が、きき込みをやってくれている間に、三崎は、東京に電話を入れ、捜査一課長に報告した。

「これで、殺人事件と確定しましたよ」

「犯人も、とうとうヘマをやって、尻尾《しっぽ》を出したというわけだな」

「そうかもしれないですが、あるいは、犯人は、わざと、今度にかぎって、事故死に見せかけなかったのかもしれません」

「というと？」

「犯人は最初から三人の男を殺すつもりだったのかもしれません。五十嵐達彦は、その最後の男だから、もう事故死に見せかける必要はないと思ったんじゃないでしょうか」

「なるほどね。犯人は三人目の五十嵐達彦を殺したことで、完全に目的を達したというわけか。そうだとすると、今頃は、祝杯をあげているかもしれんな」

「祝杯を、苦《にが》い酒にしてやりますよ」

といって、三崎は、電話を切った。

改めて、駐車場をのぞくと、東京ナンバーのスポーツカーがあった。五十嵐達彦が乗って来た車に違いなかった。だが、二軒の旅館とも、五十嵐が立ち寄った形跡はない。ということは、五十嵐は、ここに車を止めると、まっすぐ、ビャクシンの森に入り、あの神の池に行ったことになる。

犯人は、彼がそうすることを知っていて、池の傍で待ち受けていたに違いない。

(二年前の八月に、この大瀬岬で、何かがあったに違いない)

三崎は、旅館の主人や従業員に、それをきいてみた。

だが、彼等は、顔を見合わせてから、

「ここ二、三年、これといった事件はありませんねえ、今日のは別ですが」

と、異口同音にいった。

「本当に、二年前の八月に、何も事件はなかったですか？」

「ええ。そりゃあ、夏には、どっと海水浴のお客が来ますから、溺《おぼ》れかけた人もいます。でも、幸い、ここで死んだ人は一人もおりませんよ」

「そうですか」

三崎は、失望した。ここで二年前に事件があったに違いないという推測は、間違っているのだろうか。

三崎たちは、死体と一緒に、県警本部にもどった。死体は、司法解剖《かいぼう》に回されるはずだった。

三崎は、県警の捜査一課長に、

「二年前の八月に、大瀬岬で何かあったに違いないという考えは、どうしても、捨て切れないんですがね」

と、いった。

「しかし、私にも、二年前の夏に、あそこで事件があったという記憶はありませんなあ」

と、一課長は、首をかしげたあと、八月ではなく、他の月ではないのかといった。青木順子のハガキには、はっきりと、二年前の八月と書いてあったはずである。だが、念のために、二年前の他の月の日誌も見せて貰うことにした。

六月、七月と調べてみたが、これはという事件は見つからなかった。

九月の日誌に移ったが、なかなか、ぴったりする事件の記載はない。半《なか》ば諦《あきら》めかけたとき、

〈伊豆下田《しもだ》沖で、身元不明の死体発見〉

の文字が飛び込んできた。

九月二十六日の日時になっている。

〈本日午前十時頃、下田沖で操業中の漁船S丸の網《あみ》に、若い女の死体が引っかかった。死体は、長い間海水に浸《つか》っていたとみえてかなり崩《くず》れており、顔形もはっきりしない。推定年齢二十歳前後。身体にロープが巻きついていたことから殺人の疑いあ

り〉

「これはどう解決したんです？」

と、三崎は、傍にいた県警の刑事にきいた。

「それは未解決です」

と、県警の刑事はいった。

「死体の身元も確認出来ていないんですか？」

「ええ」

「大瀬岬で死体を海に投げ込んだら、下田沖まで流れる可能性はありませんか？」

「考えられないことじゃありませんね」

「解剖の結果はどうだったんです？」

「あのときは、確か、死後一か月という報告でしたよ」

「すると、死んだのは八月ということですね」

と、三崎は眼を光らせた。これで、可能性が出てきたのだ。

県警の刑事の話では、顔が崩れてしまっていたので、肉づけをしたら、こんな顔になるだろうという一種のモンタージュ写真を作って県内に配ったのだという。

三崎は、その写真を見せて貰った。若い女の顔だった。なかなか美人だった。

(これが、青木順子だろうか?)

8

三崎は、その顔写真を持って東京に戻った。

東京にも、捜査本部が設けられ、捜査主任には、ベテランの矢部《やべ》警部が当ることになった。三崎は、矢部主任に、写真の女が、青木順子に違いないと、自分の意見をいった。

「私も、そう思う」

と、矢部も、賛成した。

写真は、大量に焼き増しされ、全国の警察に配られ、同時に、新聞にも公表された。

新聞記事が出てから三日目に、反応があった。

調室でメモを読み直していた三崎に、若い警官が入って来て、

「面会人です」と告げた。

「誰だ？」

「若い女性で、あの写真の女のことを知っているといっています」

「そうか」

と、三崎は立ち上がった。

彼は、階段を降り、一階の応接室に足を運んだ。二十歳くらいの若い女が、ちょこんと椅子に腰を下ろしていた。

「写真の女性を、ご存知だそうですね？」

と、きくと、女は、コクンと肯いた。

「あたしの友だちです」

「名前は？」

「長谷川《はせがわ》きみ子さんです」

「長谷川きみ子？」

「ええ。きみちゃんです。一緒に喫茶店で働いていたんですけど、二年前の夏に、急に姿を消してしまったんです」

ッグから、写真を取り出して、彼に見せた。

（長谷川きみ子か）

三崎は、失望を感じた。どうやら違うらしい。彼が黙っていると、女は、ハンドバッグから、写真を取り出して、彼に見せた。

二人の女が写っていた、一人は、眼の前の女でもう一人は、確かに、あの写真の女に似ていた。

「ね。間違いないでしょう？」

と、女がいった。

「そうらしいですね」

と、三崎は肯いた。どうやら、彼女がいうとおり、下田沖で発見された死体は、長谷川きみ子という女性らしい。そうだとすると、事件とは無関係ということになる。

「青木順子ではないのか」

と思わず、失望して呟くと、女は、

「え？」というように、首をかしげた。

「刑事さんは、どうして、あたしの名前を知っていらっしゃるんです？」

「え？」

「あたしが、青木順子っていうんですけど」

「何だって？」

今度は、三崎が、顔色を変えてしまった。

「本当に君が青木順子か？」

「ええ」

「じゃあ、ハガキを出したのは君か？　菊川次郎や藤堂太吉を知っているね？　彼等を殺したのは君か？」

三崎が、矢つぎ早やに質問すると、女は、きょとんとした顔になってしまった。

「何のことかわかりませんけど」

と、彼女はいった。とぼけている感じではなかった。

「しかし、君の名前は青木順子だろう？」

「ええ。でも」

「でも、何だ？」

「きみちゃんは、ときどき、あたしの名前を使ってましたから――」

「それは、本当かい？」

「ええ。そういう癖《くせ》があったんです。彼女は」

「二年前の夏にいなくなったといったね？」

「ええ。八月の二十五、六日頃です。海へ行って来るっていってたんですけど」

「彼女に、恋人はいたかね？」

「いいえ」

「本当にいなかったの？」

「ええ。いませんでした」

「それから、彼女の字だが、右下がりのクセのある字を書いたかね？」

「ええ、ちょっと、男みたいな字なんです」

「彼女の家族は？」

「確か、新潟《にいがた》にいるといってました。両親と妹と」

（恋人がいなかったとすると、家族の誰かが、彼女のために復讐したのだろうか？）

念のために、青木順子のアリバイが調べられた。が、菊川や、藤堂、それに、五十嵐が殺されたときには、確固としたアリバイがあった。

9

「どうも、わかりません」

と、三崎は、当惑した表情で、主任の矢部警部に報告した。

「殺された長谷川きみ子の恋人が、三人の男に復讐したんじゃないかと考えたんですが、彼女に恋人がいなかったというのは、事実のようです」

「家族のほうはどうなんだ？」

「これも、該当《がいとう》しません。とにかく、新聞に出るまで、彼女の死を知らなかったに違いありませんから。それに、犯人は、ハガキに青木順子の名前を使っているところからみて、長谷川きみ子を青木順子だと思っていた人間ということになって、家族は、条件に合わないと思うのです」

「しかし、まさか、正義の味方のスーパーマンが、三人の男を殺したわけでもないだろう」

と、矢部警部は、笑った。

三崎も、苦笑したが、生真面目《きまじめ》な眼になって、

「ひょっとすると、正義の味方みたいな人間がいるのかもしれません」

「誰のことをいっているんだ？」

「動機を無視して、誰が一番、あの三人を殺し易い立場にいたかを考えてみたんですが、そうなると、三通のハガキを見た西井純ということになります」

「しかし、あの男と、死んだ長谷川きみ子とは結びつくのかね？」

「その点は、今のところ全く可能性はありません」

「それに、西井は、非常に協力的じゃないか。犯人なら、あれほど協力するだろうかね？」

「それなんですが——」

と、三崎は、あいまいにいってから、急に、眼を光らせた。

「それですよ。主任」

「何のことだ？」

「西井の協力ぶりです。三枚目の五十嵐へのハガキは、放送前に警察へ届けてくれました。それを感謝していたんですが、ひょっとすると、奴は、警察をメッセンジャー代りに使ったのかもしれません」

「どういうことだね？　それは」

「警察があのハガキを見れば、ハガキを持って五十嵐達彦を訪ねるに決まっています。事実、私はそうしました。電波で相手を脅《おど》かすのと同じように、奴は、電波代りに私を使ったのかもしれません」

「なるほどね」

　と、矢部は、肯いた。が、

「だが、動機がわからないのは、痛いな。それに、西井が犯人だとして、何故、二年もたった今になって、急に犯行に走ったかということもわからんだろう？」

「ええ。わからないことは、いくらもありますが、とにかく、もう一度、西井に会って来ます」

　と、三崎はいった。

『ラジオ太陽』の中は、相変らず活気に満ちていた。顔を知っているタレントが、せわしなく出入りしている。

三崎は、西井純と、地下の喫茶店で会った。

西井の顔には、かすかな疲労が見えた。

「貴方は、長谷川きみ子という女を知っていますか？」

と、三崎がきいた。

「ハセガワ？」

西井は、ぼんやりとした顔でき返してきた。芝居《しばい》とは思えなかった。この男は、青木順子と名乗っていた女の本名を知らないのだ。すると、彼女の恋人とは思えないが――。

「長谷川きみ子というのは、青木順子の本名ですよ」

「本名？　何のことです？」

「長谷川きみ子という二十歳の女がいました。この女は、友だちの名前を借用する妙なクセがありましてね。二年前に西伊豆で殺されたときも、青木順子と名乗っていたと思うのですよ」

「――」

「何故、三人も殺したんです?」

10

西井の顔が、見る見るうちに蒼ざめていった。彼は、ふるえる手で、コップの水を飲み干した。

三崎は、勘《かん》が当ったのを感じた。

「何故、殺したんです?」

と、三崎は、押しかぶせるように、もう一度、きいた。

「彼女のためです」

と、西井は、低い声でいった。

「彼女のため? 貴方は、彼女の本名を知らなかった。そんな恋人がいるはずがない」

「恋人なんかじゃありません。口をきいたこともありませんよ」

「それなのに、何故、彼女のために、三人もの男を殺したんです?」

「私自身のためですよ」

と、いってから、西井は、また水を飲んだ。

「二年前のあの日、私は大瀬岬に行きました。八月末で、海水浴客も、まばらだった。そんな、ちょっとさびしい海が、私は好きなんです」

「それで？」

「何も起きなかったら、私は苦しまずにすんだんです。だが、見てしまったんです」

「何をです？」

「夏になると、あそこにはバンガローが建ちます。そのバンガローの一つを何気なくのぞいたら、あの三人の男と彼女がいたんです」

「――――」

「三人ともカメラを持っていました。話の様子では、三人は、何かの撮影会《さつえい》の帰りに、彼等だけ別行動をとって、車で大瀬岬に来たようでした。彼女のほうは、偶然《ぐうぜん》、彼等の車に乗せて貰って、海へ来た様子でした。最初のうちは、笑いながら話していました。彼女は、自分の名前は、青木順子で、喫茶店で働いているようなことを、三人に話していました」

「それから?」

「そのうちに、様子がおかしくなってきたんです。三人はアルコールも入った様子でした。彼等は、急に獣のようになって、女を犯しはじめたのです。三人は代わるがわる自分の欲望を満足させたんです。そして、彼女が、ふらふらと立ち上がって、警察にいってやると叫んだとき、三人の男は、首をしめて殺してしまったんです。その間、私は、助けなければならないと思いながら、怖《こわ》くて、ただ、じっと見ていただけなんです」

西井は、苦しそうに咳込《せきこ》んだ。

「私は卑怯《ひきょう》者です。私が、彼女を見殺しにしたんです」

「それで、彼女に代わって、三人の男に復讐したんですか?」

「そうです」

「しかし、何故、二年たった今になって、急にはじめたんですか?」

「最近、あの曲が、流行ってきたからです。『私を殺さないで』というリクエスト曲を読むたびに、殺さないでと叫んだ彼女の悲鳴が重なるんです。まるで、自分に代わって、仇《かたき》を討ってくれといっているように聴《き》こえるんです。だから、だから私は

「――」

「あのハガキも、貴方が書いたんですね？」

「そうです」

「彼女の筆跡は、どうして知ったんですか？」

「あの三人が、彼女の死体を運び出したあと、私は、バンガローに入ってみたんです。何故、そうしたのか、私自身にもわかりません。そこで紙切れを拾ったんです。右下がりのクセのある字で、喫茶店の名前と、電話番号、それに青木順子と書いてありました。きっと最初のうち、三人の男をいい人間だと思って、連絡先を書いたんだろうと思います」

「なるほどね」

「三人もの人間を殺したのは悪いと思います。しかし、わかって頂きたいのです。私は、正義のためにやったんです。警察がやらなかったから、私が、代わりにやったんです」

「正義ねえ」

「信じてくれますか？」

「私は、警官ですよ」

「どういうことですか？」

「そんなに甘くない人間だということですよ」

と、三崎は、相手の顔を、まっすぐに見た。

西井の蒼い顔がゆがんだ。

「信じてくれないんですか？」

「貴方が、三人の男を殺したことは信じますよ。だが、正義のために、殺したというのは信じませんね」

「じゃあ、何のために、私が三人もの男を殺したと思うんです？」

「貴方自身のためだ」

「何の根拠があって、そんなことをいうんですか？」

「私が人間というものを知っているからですよ。怖くて、人が殺されるのを黙って見ていた卑怯者が、正義のために三人もの男を殺せるはずがない。違いますか？」

「じゃあ、二年前の事件も嘘だというのですか？」

「いや。二年前の夏、大瀬岬で一人の女が殺され、海に投げ込まれたのは事実だと思う。バンガローでのこともね。だが、肝心《かんじん》の点で、貴方は嘘をついた」

「どこです？」

「暴行し、殺したのは三人でなく、四人だったんだ。貴方も含めてね」

「そんな馬鹿《ばか》な——」

「いいから聞き給え。貴方たち四人は、口をぬぐって別れた。そして二年たった。『私を殺さないで』という曲に影響されて、というのも嘘だ。さっき、貴方を待っている間に、噂《うわさ》を聞いたんだが、貴方は、今度、テレビのモーニングショーの司会役を頼まれたそうですね。ラジオで、声だけでやっていたときはよかったが、テレビに顔が映《うつ》ることになって、貴方は急に、二年前の事件が怖くなったんだ。あの事件が明るみに出れば、折角のチャンスも、ふいになってしまう。知っている三人を消してしまえば、それで秘密は保てる。だが、三人の住所がわからない。わかっているのは、職業と、東京の人間だということだけだった。それで、あのリクエスト曲で、都合のいいところへ誘《さそ》い出して殺したんだ。違うかね？」

アリバイ

1

九月十六日午後四時。

警察学校を出たばかりの吉沢巡査は、世田谷区深沢の派出所で、勤務についていた。

腕時計を見て、そろそろ警邏《けいら》に出かけようとしたときである。若い女が飛び込んできて、いきなり、

「助けて下さい」

と、叫んだ。

名前は知らなかったが、顔だけは、知っていた。確か、この近くのアパートに住んでいる女である。なかなか美人であった。

吉沢巡査が、「え？」ときき返すと、女は、もういっぺん、

「助けて下さい」

と、叫んだ。

「主人が、人を殺そうとしているんです」

「人殺し？」

吉沢巡査は眼《め》を剝《む》いた。事件だと思ったが、女の言葉を、果たして信じていいものかどうか、わからなかった。前にも、警邏中に、「人殺し！」の叫びを聞いて、あわてて飛び込んだら、単なる夫婦喧嘩《げんか》だったことがあった。

「すぐきて下さい」

女は、吉沢巡査の腕を引っぱった。眼が釣り上がり、顔色も蒼《あお》い。嘘《うそ》とは、思えなくなってきた。

「主人が、拳銃《けんじゅう》を持って、飛び出したんです。あの人を殺してやるって――」

女が、早口に喋《しゃべ》る。吉沢巡査は、少しずつ、事態が呑《の》み込めてきた。どうやら、三角関係のもつれらしい。

吉沢巡査は、女に引っぱられる恰好《かっこう》で、派出所を出た。すぐ近くと思ったのだが、女は大通りへ出たところで、タクシーを呼び止めて、

「乗って下さい」

と、いう。

「場所は、どこです？」

「渋谷のマンションなんです」

「渋谷？」

渋谷なら、渋谷の警察署に電話したほうが、早くはないだろうか。吉沢巡査は、そう考えたが、若いだけに、咄嗟《とっさ》の決断がつきかねているうちに、タクシーに押し込まれてしまった。

「渋谷にやって頂戴《ちょうだい》」

と、女が、いい、車は走り出した。

「道玄坂の高見マンションなんです」

女は、走る車の中で、説明した。

「主人は、そこに行ったんです」

「人を殺しに？」

「ええ。あの人、私がおかしいと勘ぐってしまって」

「その人の名前は？」

「高見晋吉《しんきち》です。マンションの持ち主なんです」

「あなたの名前を、まだ、聞いていませんでしたね」

吉沢巡査は、やや、落ち着いた口調になってきいた。

「田中文子です」

女は、上《うわ》の空のようにいい、じれったそうに、車の前方に眼を走らせている。

「もう、間に合わないかも――」

「本当に、ご主人が、その高見という人を、殺すと思うんですか？」

「主人は、いったことは、必ず実行する人なんです。だから――」

「急いでくれ」

吉沢巡査は、運転手に向かって、いった。彼は、次第に、女の――田中文子の言葉を信じるようになっていた。

二人を乗せたタクシーは、五階建てのビルの前に止まった。

「三階なんです」

と、女が、叫んだ。「高見マンション」の看板の掛かっているビルに、吉沢巡査は、女と一緒に飛び込んだ。エレベーターがなかなか降りてこなかった。止むを得ず、二人は、急な階段を、駈《か》けのぼった。のぼりながら、女は、腕時計を、何度も見た。

「間に合うといいけど――」

三階の、三〇七号室と書かれた部屋の前で、女は、足を止めた。

「ここです」

と、いう。吉沢巡査は、ノブをつかんだが、ドアは、開かなかった。内側から、鍵《かぎ》が掛かっているらしい。

「開けて下さい」

と、女が、甲高《かんだか》い声で怒鳴《どな》った。だが、返事がない。

「開けてっ」

もう一度、女が叫んだとき、返事の代りに、激しい銃声が、部屋の中で聞こえた。

「あっ」

と、女が、悲鳴をあげて、吉沢巡査を見あげた。続いて、「だぁーん」と、二発目の銃撃の音が起きた。そして、また一発。

「開けろっ」

吉沢巡査は、蒼ざめた顔で、怒鳴りながら、扉に体当たりした。

だが、びくともしない。止むを得ず、吉沢巡査は、拳銃を抜き出して、錠に向かって、一発射《う》った。ぐわーんという手応《てごた》えがあって、錠の部分が、けし飛んだ。

吉沢巡査は、ドアを押し開けて、部屋に飛び込んだ。

最初に、拳銃を手に下げて、ぼんやり突っ立っている男の姿が眼に入った。

「あなたっ」

吉沢巡査の背後で、女が、悲鳴に似た声をあげた。男は、その声で、吉沢巡査や、女のほうに、眼を向けた。

男は、ひきつったような笑い方をした。

「俺《おれ》は、やったぞ」

と、男は、いった。

「俺は、奴《やつ》を殺してやったんだ」

男は、拳銃を持った手で、部屋の隅を指した。

ソファーの上に、一人の男が、血まみれになって倒れていた。血が流れ続けている。

吉沢巡査は、拳銃を男に向けた。

「君を逮捕する。抵抗したら射つぞ」

「ああ、逮捕してくれ」

男は、拳銃を、投げてよこした。

「奴さえ殺せば、俺は、どうなったって、いいんだ」

吉沢巡査は、男の手に、手錠をかけてから、一一〇番に連絡した。四時三十分になっていた。

2

五分後に、パトカーと医者が駈けつけたが、血まみれの男は、既に死んでいた。おそらく、吉沢巡査が見たときには、もう息が絶えていたに違いない。

犯人の田中五郎（三十五歳）は、その場から、取調べのため連行された。

訊問《じんもん》に当たったのは、捜査一課の沢木警部補である。訊問には、犯人によって、ときどき、手こずる場合があるが、田中五郎の場合は、何をきいても、答えてくれるので楽であった。もっとも、現場を、妻と巡査の二人に見られているのだから、否認のしようもなかったのだろうが。

沢木警部補の訊問は、次のようであった。

「名前は？」

「田中五郎。三十五歳」

「マンションの持ち主高見晋吉を殺したことを認めるね？」

「認めますよ。俺がピストルで、奴を殺したんだから」

「なぜ、殺したのかね？」

「文子に手を出したからですよ。あいつはね、金があるのをいいことに、他人の女房にだって、平気で手を出す男なんだ。殺されたほうがいい奴なんですよ」

「君と、高見晋吉とは、どんな仲だったのかね？」

「俺が大工なんでね。奴は、俺に、高見マンションの仕事をくれたんだ。仕事がないときだったんで、俺は、喜んだ。ところが、奴は、俺に恩を売りつけておいて、女房に手を出しやがったんだ」

「拳銃は、どうやって、手に入れたのかね？」

「それはいえないね。俺に、あれを売ってくれた奴が捕まると、可哀《かわい》そうだからね。だが、手に入れるのに、ずい分苦労したよ。金も使った」

「殺さなくてもよかったとは、思わないかね？」

「思わないね。あんな奴は、死んだほうがいいのさ。俺は、後悔なんかしていない。死刑になったたって本望さ」

沢木警部補は、田中五郎の訊問をすませると、次に、妻の田中文子から、事情をきいた。

彼女は、夫の自白について、そのとおりだと認めたが、被害者高見晋吉と、本当に関係があったかどうかについては、最初、答えようとしなかった。三十前の若い女であってみれば、無理からぬことに思えたが、最後には、数回交渉があったと、泣きながら、いった。

「主人が仕事を貰《もら》っている男だと思うと、拒《こば》みきれなかったんです」

と、田中文子は、いった。

被害者の高見晋吉についても、調査は、行われた。

高見晋吉は、五十二歳。五尺そこそこの男だが、金儲《かねもう》けには、才能があったらしい。マンションの経営者であるとともに、金融業の看板も掲げていた。女に目のない男だったが、正式に結婚した妻はいない。財産を取られるのがいやで結婚しなかったのだという噂も、沢木警部補は聞いた。とにかく敵の多かった男である。

(高見晋吉が殺されて、喜んでいる人間がいるかも知れないな)

と、沢木は、調書を作りながら、思った。とにかく、犯人も割れ、証拠も揃《そろ》っている事件だった。死体の解剖は必要のないような事件だが、念のためということもあって、警察病院で、行政解剖が行われた。

結果がわかったのは、四十時間後である。その報告書を見て、沢木警部補は、愕然《がくぜん》とした。所見として、次の文字が並んでいたからである。

〈死亡推定時刻九月十六日午後二時―三時　直接の死因＝青酸カリによる中毒死〉

田中五郎が、拳銃を射ち込んだとき、高見晋吉は、既に死んでいたのである。

3

事件は、完全にふり出しに戻ってしまった。直ちに、捜査会議が開かれた。

「とにかく、捜査はやり直しだな」

と、課長が苦《にが》い顔でいった。これまでの経験から考えて、最初につまずくと、捜査が長引くことが多いからである。

「田中五郎は、どうします？」

沢木は、課長の顔を見た。

「死人を殺した男では、ウチで扱うわけにもいきませんから」

「仕方がない。銃砲不法所持で別件逮捕にきりかえ釈放しよう」

課長は、苦い顔のまま、いった。

沢木が、田中五郎を呼び出して、別件逮捕を告げると、六尺近いこの男は、ぽかんとした顔になった。

「なぜ、別件逮捕になるんですか？」

「君が殺人犯人じゃないからさ」

「何をいってるんです。俺は、ピストルで、奴を射《う》ったんですよ。この手で、奴を殺したんだ」

「君が射ったとき、高見晋吉は、既に死んでいたんだ」

沢木は、解剖の結果を、説明してやった。

「それで、君にききたいんだが、君が、あの部屋に入ったとき、どんな様子だったのかね？」

「どんなって、俺は、ただ、部屋に飛び込んで――」

「ちょっと待ち給え。そのとき、部屋のドアは、鍵が掛かっていたのかね？」

「鍵なんか、掛かっていなかったよ。俺が飛び込んだら、奴は、ソファーに、ふんぞり返っていやがるんだ。俺は、いってやった。他人《ひと》の女房に手を出したら、どんなことになるかわかってるだろうってね。奴は、返事もしないんだ。死んでたんなら、返事のできねえのが当たり前だが、俺は、そんなことを知りゃしねえ。奴が黙ってるのは、俺のことを、鼻であしらってるんだと思った。だから、鉛の弾を、思いきりぶち込んでやったんだ」

「そのとき、何か、特別に気づいたことはなかったかね？」

「何かって、どんなですか？」

「たとえば、君がマンションに入るとき、誰か、あわてて飛び出してくるのを見たとか――」

「見ませんでしたねえ。もっとも、俺は頭が、かっかしてたから、気がつかなかったのかも知れないけれど」

「部屋の様子で気がついたことは？」

「さあ」

田中五郎は、首をかしげてしまった。妻のことで頭にきていたこの男には、部屋の様子など眼に入らなかったに違いない。沢木は苦笑して、自分が、現場に行ったときのことを思い出してみた。

部屋は、きちんとしていて、テーブルの上には、酒の瓶も、グラスも載ってはいなかった。青酸死なのだからグラスがなければおかしいのだ。それが無かったということは、犯人が、痕跡《こんせき》を消すために、高見晋吉を毒殺した後、始末してしまったに違いない。それは、高見晋吉の死が自殺でないことも示しているのだが――。

「君が、妻君と被害者の間に疑いを持ったのは、誰かに知らされてかね？」

「なぜ、そんなことをきくんですか？」

「ひょっとすると、真犯人を見つけ出す手掛かりになるかも知れないからだ」

「ふむ」

田中五郎は、小さく鼻を鳴らしてから、

「最初は、妙な手紙を受け取ったんですよ」

「妙な手紙？」

「お前の女房と高見が関係してるぞ、って、書いてありましたよ。勿論、差出人の名前なんかなかった」

「それで？」

「俺は、つまらない悪戯《いたずら》だと思った。女房を信じていたし、高見は、仕事をくれる男でしたからね。だから、放っといたら、また、手紙がきたんですよ」

「同じ筆跡？」

「ええ。文句も同じような奴でしたよ。人間って、おかしなもんでねえ。最初は悪戯だと思っても、二度重なると、本当かも知れないと思っちまう。それで、俺は、二人の間を疑いはじめたってわけですよ。そして、二人の間が妙なことに気がついた。それで――」

「その手紙は、今でも、持っているかね？」

「女房の奴が捨てなけりゃ、今でも、ある筈《はず》ですよ」

と、田中五郎は、いった。

4

沢木警部補は、二通の手紙を見ることができた。田中五郎の言葉のとおり、差出人不明の封書で、安物の便箋《びんせん》に書かれた文字は、稚拙であった。あるいは、筆跡をかくそうとして、わざと下手《へた》に書いたのかも知れない。

〈あなたが気の毒でならないので、この手紙を差しあげます。あなたの奥さんは、高見晋吉と関係を持っています。知らぬは亭主ばかりなりということにならぬようにご忠告まで〉

これが、最初にきたという手紙の文面であった。

二通目の消印は、一週間後になっている。文面は、同じようなものだったが、具体的に温泉旅館の名前を書いて、そこから、あなたの奥さんと、高見晋吉が並んで出てくるのを見たと記している。

「おそらく――」

と、手紙を読んだ沢木は、一課長に向かって、いった。

「この手紙を書いた人間は、殺された高見晋吉に恨みを持っていたに違いないと思います」

「だから田中五郎をけしかけて、高見を殺させようとしたというわけかね？」

「ええ」

沢木は手紙に視線を遊ばせながら頷《うなず》いた。

「彼は――いや、彼女かもしれませんが、その人間は、成功したわけです。嫉妬《しっと》にかられた田中五郎は、ピストル片手に飛び込んだ。高見晋吉に射ち込みましたからね。ところが、田中が射ったのは、死体だった。誰かが飛び入りして、手紙の主の計画を、オジャンにしたというわけです」

「高見を毒殺したのは、この手紙の主とも考えられるんじゃないかね」

課長が慎重ないい方をした。

「手紙の主は、君がいうように、田中五郎をけしかけて、高見を殺させようとした。

だが、肝心の田中が、もたもたしている。ピストルを探し回ったりしていてね。だから、待ち切れなくなって、自分で手を下《くだ》した。あるいは、田中五郎が、殺しにくるのを見こして、彼に罪をなすりつけようとして、毒殺したのかも知れない」

とにかく、手紙の主が、今度の事件に関係していることは、確かだと、沢木は思った。課長のいうように、その人間が、真犯人かも知れない。要は、手紙を書いた人間を、探し出すことであった。

殺された高見晋吉の身辺が洗われ、彼と、何らかの形で関係があったと思われる人間のリストが、作られた。

そのリストに、最初に載ったのが、森川美津子だった。

5

森川美津子（三十歳）。現在、目白にて、洋裁店経営。独身。

これが、彼女に関する簡単な経歴である。

三年前、新宿のバーで働いていたときに、客としてきた高見晋吉と知り合った。美人ではないが、背の高い、足の奇麗な女である。田中文子も、一六〇センチを超しているから、高見の好んだ女は、大柄な女が多かったのかも知れない。彼自身が、小柄なせいだろうか。

高見は、森川美津子に、洋裁店を持たせた。が、ケチな高見は、店の名義は自分のものにして、月々の利益の何割かを、取りあげていたらしい。そのことで、二人の間に、トラブルが絶えなかったと聞いて、沢木は、森川美津子に会ってみる気になった。

小さいが、なかなか洒落《しゃれ》た店だった。

「MITSUKO」と、小さな看板が出ている。

ドアを開けると、若い娘が、「ええ」というような顔を向けた。婦人服専門の店だから、沢木は、場ちがいな客に見えたのかも知れない。

森川美津子には、すぐ会うことができた。が、警察手帳を見せたせいか、相手は、ひどく警戒するような眼になっていた。

「高見さんとの関係といったって、たいしたことじゃありませんわ」

と、美津子はいう。沢木は苦笑して、

「何でもないのに、こんな店を持たせる筈はないでしょう」

と、いった。

「あなたがバーで働いていたことも、この店の権利のことで、死んだ高見晋吉と、いさかいがあったことも、調べてあるのですよ」

「それなら、何をききにいらっしゃったんですの？」

美津子は、険しい眼になって、沢木を見た。気の強い女らしい。

「だから――といったほうがいいでしょうね」

沢木も、強い眼で、相手を見返した。

「あなたが、高見を殺したとも考えられる」

「私が？」

美津子は、ふいに、甲高い声で笑った。

「私が殺した？　なぜ、私が、高見を殺さなきゃならないんです！」

「一度も、高見晋吉を憎んだことはないというのですか？」

「そりゃあ、ときにはね。でも、あんな男を殺す気には、なりませんでした。殺すだけ、損ですものね」

「損得だけで人間は、人を殺すものじゃありませんよ」

沢木は、森川美津子の顔を見つめたまま、いった。

「最後に、高見晋吉に会ったのは、いつですか？」

「ここ一週間、高見には、会っていませんでしたわ」

「本当に？」

「ええ」

「一昨日《おととい》も？」

「勿論ですわ」

「では、一昨日の午後二時から三時までの間、どこで、何をしていたか、教えて頂けませんか？」

「アリバイですの？」

「質問しているのは、私のほうですよ」

「お店にいました。お疑いなら、店の娘《こ》にきいて下さい」

美津子は、切口上《きりこうじょう》になって、いった。怒りのためか、それとも虚勢なのか、沢木には判断がつかなかった。

沢木は、先刻の若い娘をつかまえて、美津子のことをきいてみた。

「一昨日の午後なら、ママさんは、お店にいらっしゃった筈よ」

と、娘は、いった。

「筈というのは？」

沢木は突っ込んできいてみた。娘は、何ということもなく笑って見せた。

「だって、一日中、ママさんと、顔を突き合わせてるわけじゃないもの」

確かに、そのとおりに違いない。森川美津子のいる場所と、仕事場の間には、厚いカーテンがさがっているから、美津子が、そっと裏口から出ても、この娘には、わからないだろう。

「ママさんは、車を持っているかね？」

「ええ。小さいのを持ってるわ。最近、買ったの」

車を使えば、三十分で、渋谷まで行けるのではないか。往復で一時間。高見に毒を飲ませるのに、十分として、一時間十分。ゆとりを見ても、一時間半あれば、犯行を終えて、店に戻ってこられる。

「正確なことが知りたい」

と、沢木は、いった。

「一昨日の午後二時から三時までの間、ママさんが、店にいたかどうか、わからないかね？」

「だから、今、いったでしょう。いた筈だって――」

「カーテンの向こう側に？」

「ええ」

「二時から三時までの間に、電話が掛かってきたり、誰かが会いにきたということはなかったかね？」

「一昨日は電話はなかったけど、お客様は、二人見えました」

「何時頃？」

「一人は、夕方。五時頃だったかしら」

「もう一人は？」

「二時か、三時頃だったと思うけど――」

「ママさんは、その客に会ったわけだね？」

「ええ」

「その客の名前は？」

「浅井さんです。うちのお得意様の一人です」

娘は、引出しから、客の名簿を取り出して「浅井英子様」と書かれた箇所を指さした。住所は、池袋になっている。沢木は、手早く、その名前と住所を書きとった。

沢木は、手帳を納めてから、壁に「店員心得」と貼《は》ってあるのに、眼を向けた。マジックで書いたものである。ホステス心得みたいな文章なのは、森川美津子が、三年前まで、バーで働いていたせいだろうか。

「これは、ママさんが書いたものかね？」

沢木がきくと、娘は、鼻に小じわを寄せて、「ええ」と頷いた。あまり気に入っていないのだろう。そのせいか、沢木が、二、三日借りたいというと、奥に、ちらっと眼をやって、

「いいわ」

といった。

6

沢木は、一度、捜査本部に戻り、「店員心得」と、例の手紙の筆跡鑑定を依頼してから、池袋に、浅井英子を訪ねた。

洋裁店の顧客名簿には、名前だけしか書いていなかったが、きてみると、「浅井菓子店」の看板が眼に入った。かなりな店である。

沢木が、店番をしている女に、「浅井英子さんに会いたい」と告げると、「社長さんにですか？」と、いわれた。

「社長？」

「うちは、有限会社になってますから」

と女店員は、半ば照れ臭そうに、半ば得意気に、いった。税金対策のためか、近頃《ちかごろ》、やたらに、会社が増えている。社長といったところをみると、浅井英子が女主人といったところなのだろうか。

沢木は、奥座敷に通された。四十歳ぐらいの和服の女が出てきて、「浅井です」と頭を下げた。身体《からだ》全体が、丸く太っていて、それが、愛嬌《あいきょう》にも貫禄《かんろく》にもなっていた。

「森川美津子さんを、ご存知ですね？」

と、沢木は、単刀直入にきいた。

「ええ」

「一昨日《おととい》、あの店にいらっしゃいましたね？」

「ええ。参りました。十月頃、九州に行ってみたいと思っていますので、そのとき着ていくドレスの相談に。それが、どうかいたしましたんですか？」

「行かれたのは、何時頃ですか？」

「お昼をすませて、一休《ひとやす》みしてから、参りましたから、二時頃でしたでしょうか」

「二時？　確かに、二時でしたか？」

「ええ、その頃です。二時を五分くらいは過ぎていたかも知れませんけれど」

「森川美津子さんに、お会いになったわけですね？」

「ええ。勿論」

「あの店を出られたのは？」

「いろいろと、お喋《しゃべ》りをしてから帰りましたから、あのお店を出たのは、三時半か四時頃の筈ですわ。女の話というのは、長いものでございますから」

浅井英子は、柔和に笑ってみせた。

「三時半か四時というのは、確かですか？」

「ええ。家に帰りましたら、四時過ぎていましたから、確かでございますわ」

「その間――」

と、沢木は、質問を続けた。

「森川美津子さんが、店を出たことは、ありませんか？」

「お店を出たといいますと？」

「つまり、急用を思いついたとかいって、中座したことはなかったか、ということですが」

「いいえ」

浅井英子は、首を横にふってみせた。

「ずっと、私と、お喋りをしていましたわ。それが、何か――？」

「いや。何でもありません」

沢木は、曖昧《あいまい》にいって、腰を上げた。この女のいうとおりなら、森川美津子のアリバイは、完全に成立してしまうことになる。

沢木は、いささか、がっかりした顔で捜査本部に帰った。課長に報告して、他の刑事の捜査状態をきくと、

「鈴木君が、面白いものを、高見晋吉の事務所から、見つけてきたよ」

といって、一冊の手帳を、沢木の前に置いた。

沢木は、手に取って、開いてみた。どの頁《ページ》にも、ローマ字と数字が並んでいる。

「何ですか？　これは」

「私は、貸した金のメモだと思うのだ。高見は金融業もやっていたからね」

と、課長がいう。そういわれると、貸金のメモに考えられなくもない。

ローマ字は、おそらく、相手の名前のイニシャルだろう。

「消してあるのは、返済が終ったものというわけですね」

と、沢木は、課長の顔を見ていった。ほとんどの数字が消してあったが、まだ、消されずにあるものもあった。

M・D　200　8／30

A・B　300　8／15

この二つが残っていた。

「終りの数字は、返済期日だと思う」

と、課長は、いった。

「どちらも、既に、返済期限を過ぎていますね」

沢木は、眼を大きくしていった。高見から、厳しく返済を迫られていたとすれば、これも立派に殺人の動機になり得る。だが、ローマ字だけから、相手の名前を推測することは、難しい。

たとえばＭ・ＤのＤは、姓の頭文字だろうが、Ｄではじまる名前は、ちょっと考えつかなかった。

「それで――」

と、沢木は、課長の顔を見た。

「肝心の借用証書は、見つかったのですか？」

「それがいくら探しても見つからんのだ。おそらく、高見晋吉を殺した犯人が、持ち去ったのではないかと、考えているのだが」

と、課長は、同意を求めるように、沢木を見た。

7

捜査は、進展を見ないまま、二日間が過ぎた。が、沢木たちが、ただ無為無策で、いたわけではない。

高見晋吉と、少しでも関係があったと思われる人間は、徹底的に調べられた。だが、思わしいものは、出てこない。約七人の男女が調べられたが、アリバイがある。動機が欠如していた。

捜査本部に、暗い空気が漂いはじめていたときである。筆跡鑑定の結果が届けられた。その報告には、次の言葉があった。

〈鑑定の結果、二通の手紙と、店員心得の文字は、同一人の筆跡と考えられる〉

この報告は、一つの曙光《しょこう》だった。

すぐ、森川美津子が、捜査本部に呼ばれた。

「この手紙を書いたのは、あなたですね？」

と、沢木が、二通の手紙を示すと、美津子は、最初、強く否定した。が、鑑定報告を突きつけると、蒼ざめた顔になって、

「仕方がなかったんです」

と、低い声で、いった。

「仕方がないというのは？」

「高見は、嫌な奴だったけれど、失いたくなかったんです。だから――」

「田中文子を、高見から引き離すために、この手紙を書いたというのですか？」

「ええ」

「本当に、それだけの気持で、この手紙を書いたのですか？」

「他《ほか》に、何があるというのです？」

美津子は、睨《にら》むように沢木を見て、きき返した。

「文子の夫、田中五郎をけしかけて、高見晋吉を殺させるつもりじゃなかったのです

か？」

「そんな――」

「こんな手紙が送られてくれば、たいがいの男が、頭に、カッとくる。事実、田中五郎も、ピストルを手に入れて、高見晋吉を殺しに出かけている。だが、彼より一足先に、高見を毒殺していたものがいた」

「それが、私だと、おっしゃるんですか？」

「考えられなくはありませんよ」

沢木は、冷静に、いった。

「あなたは、田中五郎をけしかけて、高見を殺させようとしたが、彼が、ピストルを手に入れようとして、もたもたしているのに、しびれを切らして、自分の手で毒殺したとも考えられなくもない」

「馬鹿なことは、いわないで下さい」

美津子は、声をとがらせた。

「前にもいったとおり、高見は嫌な男だったけれど、私には必要な男だったんです。殺す筈がないじゃありませんか。それに、私には、ちゃんとしたアリバイがあります。

あの日の午後に、浅井さんが見えて、私とお喋りをしていたんです。嘘だと思うんなら、浅井さんにきいてごらんになるといいわ。浅井さんの住所は——」

「それは、調べましたよ」

沢木は、相手の言葉を、さえぎるようにして、いった。

森川美津子には、容疑が濃い。だが、浅井英子の証言がある限り、彼女のアリバイは崩れない。

沢木は、調べ室を出て、課長に報告してから、肩をすくめてみせた。

「あのアリバイが、何とか崩せると、いいんですが」

「何とか、なるかも知れないよ」

課長が、微笑して、いった。

「本当ですか？」

「森川美津子と、浅井英子が、共謀してアリバイを作ったとしたら、アリバイは崩れるわけだろう？」

「それは、そうですが」

沢木は、軽い失望の色を見せた。そのことなら、彼も、考えないことではなかったからだ。

「しかし、問題が、問題ですから」

と、沢木は、いった。

「余程、二人の間に親密な関係がなければ、殺人のために、アリバイを作り合うというようなことは、しないと思うのです。今まで調べたところでは、森川美津子と、浅井英子の間に、デザイナーと客以上の特別の関係があったという事実は、出てきていません。郷里も違うし、出身校も違います」

「親しくはなくても、共同利益のために、結びつく場合もあるよ」

「共同の利益？　浅井英子も、高見を殺したいと考えていたというのですか？」

「そうだ。君も、鈴木君が見つけた手帳の文字を覚えているだろう」

「覚えています。しかし、あのローマ字のイニシャルを持つ人間は、まだ、見つかっていませんが」

「人名と考えたから、わからなかったのさ」

と、課長は笑った。

「M・Dを、我々は、人名に考えた。だから、Dではじまる姓の人間が見つからなくて、困惑してしまったのだ。だが、Dを、Dress-Maker（洋裁店）の頭文字と考えれば、簡単じゃないかね。M・Dは、森川洋裁店のことだ」

「とすると、A・Bは――」

沢木の眼が輝いた。

「Asai-Bakery（浅井菓子店）の頭文字」

「そうだ」と、課長は頷いた。

「二人とも、高見に、金を借りていたのだ。しかも、その期限は切れていた。高見を殺したい気持は、二人にあったのだ」

8

二人は逮捕された。

二人は、眼の前に突きつけられた手帳に顔色を変え、高見晋吉から、借金の返済を迫られていたことを認めた。

事件は、これで、解決するのではないかと、沢木は勢い込んだが、森川美津子も、浅井英子も、殺人については、頑強に否定した。

「殺す気もなかったというのかね？」

沢木が、声を高くしてきくと、美津子は、蒼ざめた顔のまま、

「なかったとは、いいません」

という。

「だが、結局は殺さなかったというのかね？」

「ええ。高見を殺したのは、私たちじゃありません」

美津子は、必死の面持ちでいった。

「私も、浅井英子さんも、高見が、死んでくれればいいと思いました。いえ、殺したいと思い、二人で、殺すことを考えました」

「それで？」

「あの日、浅井さんが、私の店へきて、二人で、アリバイを作ることにしたんです」

「それで、どちらが、高見を殺しに行ったのかね？」

「私です」

今まで黙っていた浅井英子が、これも、白茶けた顔を、沢木に向けて、いった。

「でも、私が、マンションに行ったら、高見は、もう死んでいたんです」

「信じられないね」

「信じて下さい」

浅井英子は、甲高い声を出した。

「私は、ウイスキーに、青酸を入れて、マンションに出かけたんです。それを呑《の》ませて、高見を殺してやろうと思って。借金のカタに、お店を取られてしまうところだったので、必死だったんです。本当に殺すつもりでした。それは認めます。でも、殺したのは、私じゃありません。私が行ったとき、高見はもう死んでいたんです」

「――――」

沢木は、黙って、二人の女の顔を眺めていた。信じられないといった顔だった。

「では、マンションに着いた時間は？」

間を置いて、沢木がきいた。

「三時です。三時ちょうどでした」

「高見晋吉は、どんな恰好で、死んでいたのかね？」

「ソファーにもたれたみたいな恰好で、死んでいたんです。それで最初は、生きていると思ったんですけど――」

「死んでいるとわかってから、どうしたんだね？」

「最初は、どうしたらいいかわかりませんでした。少し冷静になってから、借用証書のことを思い出したんです。あれが見つかったら、私や、森川さんが疑われる。そう思って、手提《てさげ》金庫から、借用証書を盗み出して――」

「そのとき、金庫の錠は、開いていたのかね？」

「ええ。開いてました。もし、鍵が掛かっていたら、金庫ごと持って帰ろうと思っていたんですけれど――」

「持って行ったウイスキーは、どうしたね？　青酸の入ったやつだ。持って帰ったのかね？」

「途中で、捨てました」

「どこへ？」

「マンションの近くにあるドブです」

（本当だろうか？）

ともかく、調べてみることにした。

刑事たちは、ゴム長で武装して、ドブさらいをはじめた。かなり大きなドブである。一日掛かりでやって、夕刻になってやっと、それらしいウイスキーの瓶が発見された。瓶は、口のところまで、いっぱいにつまっていた。科研に回すと、青酸が混入されているという報告が戻ってきた。

「少しばかり弱ったことになったな」

と、課長は、苦い顔になって、沢木を見た。

「高見を殺すつもりだったが、本当に殺しはしなかったというのは、もしかすると、本当かも知れんな」

「しかし――」

と沢木は、慎重に、いった。

「ウイスキーの瓶が出ただけで、あの二人の容疑が晴れたとはいえませんよ」

「それは、そうだが、一つでも、引っかかるものがあるのが、気に喰《く》わんのだ。それに、金庫が開いていたというのも、気になる。誰か、他の人間が、開けたという想像も成り立つからね」

「浅井英子が、嘘をついているのかも知れません。それに、あの二人が、犯人でないとしたら、容疑者が、皆無《かいむ》ということになってしまいますよ」

「いや、一人残っている」

「誰ですか？」

「田中文子さ」

と、課長は、いった。

9

「田中文子ですか？」

沢木は、呆然《ぼうぜん》として、課長の顔を見あげた。

「しかし、彼女は、警察に――」

「そうだ。夫が高見を殺しに行ったと、派出所の巡査に知らせた。だが、よく考えると、彼女の行動は、少し、おかしくはないかね」

課長は、沢木に眼を向けて、いった。

「夫が、殺人に飛び出したのだ。足にしがみついてでも止めるのが本当じゃないかね。

だが、彼女は、どこにも怪我《けが》をしていなかったし、殴られた痕《あと》もなかった。必死に止めはしなかったのだ。それに、彼女は、なぜ、派出所の巡査なんかに、助けてくれと頼んだのだろうか。夫が飛び出してすぐ、一一〇番に電話していれば、間に合う筈だからね。それなのに、彼女は、そうしなかった。最初は、動転しているためと考えていたが、もしかすると、わざと、そうしたのかも知れない」

「夫の田中五郎に、ピストルを射たせるためにですか?」

「そうだ。夫を犯人に仕立てあげるために、わざと、一一〇番に電話しなかったのかも知れん」

「しかし——」

「君のいいたいことはわかる。確かに、できすぎている。だが、考えられなくはないと私は思う。彼女が、夫を憎んでいたら、この推理は、立派に成立するのだ。彼女は、夫の、すぐ、カッとなる性格を知っていたと思う。自分が、高見に犯されたことを打ち明ければ、高見を殺しに行くことも計算ずみだった。どうかね。この考えは」

「文子を、呼びますか?」

「いや、まず、夫の田中五郎を呼ぶことにしよう」

と、課長は、いった。

「そのほうが、上手《うま》くいくと思う」

沢木は、頷いて、田中五郎を連れてくるように刑事に、命じた。

一時間後に、田中五郎は、出頭したが、明らかに、当惑した表情になっていた。

「例の事件のことで、私の話すことは、もう、何もありませんよ」

と、彼は、いった。

「私は、ピストルで奴を射った。だが、運良くだか、運悪くだか知らないが、奴は、死んでいた。これで全部ですよ」

「今日は、君のことでなく、君の奥さんのことなのだ」

と、沢木は、いった。傍《そば》で、課長が、黙って、田中五郎の顔を見詰めていた。

「文子が、どうかしたんですか？」

「高見晋吉を殺害したのは、君の奥さんかも知れない。我々は、そう考えてる」

「そんな馬鹿な」

田中五郎は、口を尖《とが》らせた。

「文子が、高見を殺すなんて、そんな馬鹿な――」

「奥さんが、事件と無関係だと、証明できますかね？」

「できますよ」

田中五郎は、昂然《こうぜん》と、いった。

「ちゃんとしたアリバイがありますからね」

「アリバイがね」

「そうですよ。あの日の午後二時から三時まで、文子は、私と一緒にいたんですからね。嘘《うそ》だと思うんなら、文子にもきいて、ごらんなさい。その時間には、私と一緒だったと、いいますから」

「勿論、きいてみるよ」

沢木は、笑顔を見せずに、いった。

田中五郎を、そこに残して、沢木は、課長と一緒に、部屋を出た。

「私には、彼が、妻君《さいくん》を、かばっているように見えますが」

沢木は、ガラス越しに、田中五郎を見やりながら、課長に、いった。

「しかし、一緒にいたというのを、くつがえすこともできません」

「とにかく、田中文子に、会ってみることだな。どうせ、夫と口裏を合わせるだろうが」

課長も、やや、自信を失った顔で、いった。

沢木は、その場から、世田谷に飛んで、アパートに、田中文子を訪ねた。顔を合わせるなり、事件当日のアリバイをきいてみたが、返ってきた返事は、予期されていたものと、同じであった。

「あの日の午後二時から、三時までなら、主人と一緒でしたよ」

と、文子は、微笑を見せて、いった。

「この部屋で、主人と、テレビを見ていたんです。そのあとで、高見のことで口論になって、主人が、飛び出して行ったんです」

「そのときのテレビの番組を覚えていますか？」

「勿論、覚えていますとも。再放送のホームドラマで、奥さんが浮気する筋でしたよ。チャンネルは、7。そんなテレビを見ていたんで、よけい、主人を怒らせてしまったんだと思います。まさか、警察は、あたしが、高見を殺したと、思ってるんじゃないでしょうね？」

「誰でも、一応は、疑ってみるのが、我々の仕事なのですよ」

と、沢木は、無表情に、いった。

沢木は、捜査本部に戻った。

「成程《なるほど》ね」

課長は、沢木の報告を聞いて、重い頷き方をした。

「それで、事件当日、第7チャンネルでは、彼女がいったようなホームドラマを、やっていたのかね？」

「やっていました。再放送であることも確かめました。しかし、こんなことは、簡単にわかることですから、彼女が、その時間に、テレビを見ていたという証拠には、ならないと思います」

「見ていなかったという証拠にも、ならんさ」

課長は、苦笑した。

「彼女が犯人だとしても、アリバイを崩すことは、容易じゃないな。簡単きわまるアリバイだけにね」

「夫婦で口裏を合わせているのかも知れません。夫の田中五郎が、妻の犯行として、かばっているということは十分考えられます」

「考えられるが、証明は、できん」

と、課長は、いった。

10

捜査は、再び、壁に、突き当った。だが、田中文子に対する疑惑を、放棄したわけではなかった。

いや、彼女だけでなく、森川美津子や、浅井英子の容疑が、消えたわけでもなかった。

刑事たちは、三人の身辺を洗い、何か、証拠になるものをつかもうと努めた。

田中文子については、毒殺につかった青酸カリを入手したかどうかが、重点的に調べられた。

もし、彼女が、どこからか、青酸カリを手に入れていたことがわかれば、彼女の容疑が濃いと判定できるからである。夫の田中五郎が、アリバイを主張しているが、配偶者の主張するアリバイは、法的効果を持たないから、上手くいけば、殺人罪で起訴に踏みきれるかも知れない。

沢木も、一課長も、そう考えた。アリバイを直接崩せなくとも、他の証拠を固めることができればいいのだ。

だが、彼らの期待は、次第に、破られていった。

田中文子が、青酸カリを入手したという証拠をつかむことはできなかった。

彼女と夫の田中五郎の間が、上手くいっていなかったという証拠もつかめなかった。

アパートの人たちの証言によれば、

「二人は、上手くいっている」

という。

彼女が、夫を憎んでいて、夫を犯人に仕立てあげようとしたという推測も、崩れたのであった。

森川美津子と、浅井英子についても、新しい発見はなかった。

この三人の女は、高見晋吉の殺害とは、関係がないのだろうか。

それとも、まだ、見つけださずにいる決定的な証拠が、どこかにかくされているのだろうか。

捜査本部にも、刑事たちにも、疲労の色が見えはじめたとき、一人の女が、幸運の使者のように、飛び込んできた。

田中夫婦の住んでいるアパートの、管理人だった。

「警察では、田中文子さんを、疑ってるという話ですけど、本当ですか？」

と、管理人は、応対に出た沢木に向かっていった。中年の、口の軽そうな女だった。

沢木は、直接、相手の質問には答えず、

「それで？」

と、先を促《うなが》した。

「何か、いいたいのですか？」

「もし、警察が、あの女《ひと》を疑っているのなら、ちょっとお話ししたいことがあるんです」

「ほう」

沢木が、眼を輝かせた。

この女は、田中文子の犯行を証拠だてるようなことを、何か知ってるのだろうか。

「それで、何を？」

「確か、高見とかいう人が殺されたのは、あの日の午後二時から、三時までの間でしたね？」

「そうです」

沢木は、言葉を強めた。

この女は、田中文子のアリバイを崩せるのだろうか。だが、勝ち誇ったような女の口から飛び出した言葉は、全然、逆のものだった。

「それなら」

と、女は、大きな声でいった。

「田中文子さんは、無実ですよ。私には、あの女《ひと》のアリバイが、証明できるんだから」

沢木は、やれやれと思った。

「成程」

と、いった言葉にも、力がなかった。女は、余計、勝ち誇った顔になった。

「その時間には、私と一緒にいたんですからね」

「――」

「退屈で仕方がなかったもんだから、田中さんの奥さんを、無理矢理みたいに、お呼びして、三時過ぎまで、お喋りをしていたんですよ。テレビを見ながら——」

「——」

沢木の顔が、次第に、紅潮してきた。疲労の色が消え、眼が輝いた。

「今の話は、本当ですか？」

沢木は、幾分、こわばった声で、きいた。

「本当ですとも」

と、女は大きく頷く。

「だから、あの女《ひと》は、無実ですよ」

「管理人室に、田中文子を呼んで、テレビを見たのですね？」

「そうですよ」

つまらないことを、念を押すといいたげに、女は、そっけないいい方をした。

沢木は、黙って、顔をあげて、天井を眺めていた。

（やっと、真犯人がわかった）

11

田中五郎は、改めて、殺人犯人として起訴された。田中は、顔を歪めて、

「死人を殺して、なぜ、殺人罪になるのか、説明してくれませんかね」

と、文句を、いった。

沢木は、小さく笑った。

「その死人にしたのが、お前さんだから、逮捕したのさ。お前さんは、高見晋吉を毒殺しておいて、その後で、目撃者を作っておいてから、もう一度、ピストルで射ったのだ」

「馬鹿らしい。なぜ、そんな面倒臭いことをするんです？」

「誰でも、そう考える。それが、お前さんの狙《ねら》いだったわけだ。お前さんと、妻君のね。妻君も、共犯で逮捕状が出ているよ」

「しかし、アリバイがある。二時から三時までの間、俺は、文子と一緒にいたんだ」

「駄目だね、そのアリバイは、アパートのお喋りな管理人が、ぶちこわしてしまった

よ」

　沢木は、冷たい声で、いった。

「その時刻に、妻君は、管理人と一緒に、テレビを見ていたのだ。妻君にとっては、立派なアリバイだ。それなのに、彼女は、それをかくして、お前さんと一緒にいたといった。なぜだろう？　それは、お前さんのアリバイが必要だったからだ。我々が、妻君を疑っていたとき、お前さんは、一緒にいたと彼女のアリバイを主張した。我々は、お前さんが、妻君をかばっているのだと思った。本当は、お前さん自身のアリバイを作ろうとしていたのさ」

「――――」

　田中五郎は、黙ってしまった。

　その日のうちに、田中文子も、共犯として逮捕された。

　完全な二人の自供があったのは、翌日になってからである。

　自供の内容は、次のようなものだった。

　田中五郎は、高見晋吉とつき合ううちに、高利の金を借りた。

　返済期限が迫ったが、返済できるあてはない。返済を引き伸ばして貰おうとして、妻の文子が、高見に身を委《まか》せた。夫の五郎が承知の上でである。

だが、高見は、文子と関係を持ったが、返済の引き伸ばしに応じようとしない。女は女、金は金だという。田中は腹を立てた。

ちょうどその頃、匿名の手紙が舞い込んできた。書いてあることは見当外れだったが、田中は、上手くやれば、高見を殺しても、疑いが他《ほか》に行くかも知れぬと考えた。

慎重に計画を立てた。高見晋吉が殺されれば、自分たち夫婦に、疑惑の眼が向けられるのはわかっている。それなら、最初から、犯人らしく振舞ったほうがいい。そして、一度、無罪の判定が下されれば、二度と疑われずにすむのではあるまいかと考えた。

たとえ、銃砲不法所持で逮捕されても殺人罪に比べたら問題にならぬほど軽い。

そして、二度殺す方法を考えたと、田中五郎はいった。

最初に毒殺したとき、部屋にあった金庫を開け、自分の借用証書だけを持ち帰った。問題の手帳も見つかったので、自分に関係した記載だけを、消しておいたのだという。

「上手く、事を運んだと思ったんだがな」

と、田中五郎は、暗い眼で、いった。田中文子のほうは、

「あの管理人さえ、いなかったら」

と、くやしげに、いった。

彼女の言葉によれば、問題の時刻に、管理人がきて、退屈で仕方がないから、話相手になってくれと、せがんだのだという。

「部屋に入ってこられたら、既に犯行中の主人のいないのがわかってしまう。だから、仕方なしに、管理人の部屋に行ったのよ」

田中文子は、

「あの管理人のお喋りが――」

と、吐き出すように、つけ加えた。

田中文子の起訴が決まってから、課長はほっとした顔で、

「まあ、良かったな」

と、沢木に向かって、いった。沢木は、頷いてから、

「本当なら、我々は、もっと早く、田中五郎の行動に注目していなければならなかったのです」

と、いった。

「彼の行動に、何か不審なところが、あったかね？」

課長は、首をかしげて見せた。

「彼は、なかなか上手く、妻を寝取られた男の怒りを、表現して見せてくれたように思うがね。あの芝居に、どこか、不審なところがあったろうか？」

「一つだけありました」

と、沢木は、低い声で、いった。彼自身の甘さにたいする、反省の響きもあった。

「彼が、ピストルで、高見晋吉を射ったことです」

「それのどこが、不審かね？」

「殺された高見晋吉は、ひどい小男です。それに比べて、田中のほうは背も大きく、力も強い男です。年齢もはるかに若い。ピストルなんかは使わなくとも、首を締めるだけでも簡単に殺せた筈です。それに、大工なら、殺す道具は、事欠かない筈です。ノミが、何本もある筈ですからね。それなのに、一生懸命になって、ピストルを買い求めているのです」

「うむ」

「我々は、すぐ気づくべきだったのです。ピストルでなければ、ならなかったことにです。首を締めて殺したら、首を締めるときに、相手が死んでいることに気づかぬのが不審ということになります。ノミか短刀で殺しても同じです。相手に近づく必要がありますからね。ピストルなら、離れたところから射てる。相手の生死に気づかずに射つことも、あり得るわけです」

「それに、ピストルなら、文子の連れてきた第三者に、その音を聞かせることもできるというわけだ」

「そうです」

沢木は、課長に苦笑してみせた。

「早くそれに気づいていれば、やっこさんの下手な芝居に欺《だま》されずにすんだ筈です」

死を呼ぶトランク

1

店は、かなり混んでいた。隅の方では、常連らしい女学生が、かたまって、おしゃべりを楽しんでいる。コーヒー一杯で、もう、一時間以上、ねばっていた。一人で、ぽつんと、洋書に眼を通している青年の姿も見える。

店の中には、チャイコフスキイの『悲愴』が流れていたが、耳を傾けている客は、あまりいないようだった。

シュロの鉢植えが置かれてある近くに、大学生らしい青年が二人、向かい合って腰をおろしていた。彼等の会話も、音楽とはおよそ関係のない、ひどく現実的なものだった。

「ちょっと、困ってるんだ」

「金か？」

「それは、いつものことだが、実は、今日中に、大阪の友人に本を送らなきゃならないんだ」

「本？」

「卒論を書くんで、三十冊ばかり借りたんだが、向こうで、急に必要になったというのさ。もう六時すぎだろう。小包にして、特別料金を払ったたって、今日中に大阪に着きゃしない」

「当たり前だよ。最近は、電報だって、おくれて着くんだからな」

「どうしたらいい？」

「その本を持って、君が大阪へ行くより仕方がないな。新幹線を使えば、三時間で大阪へ行ける。今日中に、本を相手に渡せるわけだ」

「大阪へ行く金があったら、苦労するものか。それに、大阪へ行っちまったら、戻って来なきゃならない。そんな閑《ひま》はないよ」

「金もかけずに、今日中に、三十冊の本を送るとなると、方法は、一つしかないね」

「どうするんだ？」

「昔、かつぎ屋が使った手さ」

「かつぎ屋？　俺が送りたいのは、闇米じゃないぜ」

「同じことさ。要するに、ある物を、金をかけずに、早く、東京から大阪へ運べばいいんだろう?」

「そりゃあ、そうだが」

「それに、三十冊の本なら、ちょっとした重さだよ。米の運搬と、似たようなものだ」

「どうするんだ?」

「新幹線の最終は、東京を九時に出る。新大阪着が十一時四十九分だ。今から準備すれば、ゆっくり間に合うよ」

「それで?」

「まず、三十冊の本をトランクに詰めるんだ。それを持って、東京駅へ行く。そこで、百二十円の入場券を買って、ホームに入るんだ。あとは、いわなくてもわかるだろう? 新幹線の網棚にトランクを置いて、帰ってくれば、いいんだ。あとは、勝手にトランクが、大阪まで、運ばれて行く」

「わかった。大阪の友人に電話しておいて、そのトランクを、新大阪へ、取りに来させれば、いいんだな?」

「そうだ。だが、その時には、慎重にやった方がいい。乗客の降りちまった列車に入って、網棚を探し廻っていたら、駅員に、怪しまれるからね」

「どうしたら、いいんだ？」

「大阪の友人には、こう電話するんだ。列車が着いたら、二、三十分おくれて、新大阪駅へ行けとね」

「そんなことをしたら、トランクは、とっくに駅員が、片づけちまってるよ。持ち主なしということでね」

「それでいいんだ。君の友人は、こういえばいいのさ。さっき、東京から着いたんだが、うっかりして、網棚に、トランクを忘れちまったとね。中身はわかっているし、調べられて困るもんでもない。ちゃんと、渡してくれるさ。こうすれば、きょろきょろ網棚を探して、怪しまれることはない」

「うまい考えだが、途中で盗まれることは、ないだろうね？」

「まあ、ないだろうな。新幹線の客が人の荷物を盗むとは、思えないね。心配なら、うんときたないトランクにしたらいい。俺が、貸してやった茶色いトランクがあったろう？　あれを使えばいい」

「あの馬鹿でかいトランクか？」

「ああ、あれなら、三十冊ぐらい、楽に入るぜ。それに、きたなさも丁度手頃だ。それから、大阪の友人の名前も、トランクに書き込んどくといいな。新大阪で、受け取る時、駅員を、納得させられる。何という名前なんだ？」

「田島研吉《たじまけんきち》だ。いいのか？　名前を書いちゃって？」

「いいさ。古道具屋だって、引き取ってくれない代物だからな」

「法律に触れるだろう？　このやり方は？」

「鉄道営業法とかいうのに、触れるだろうね。うまい話に、危険はつきものさ。だが、金を使わずに、物を送るには、これしか手はないぜ」

「わかった。金をかしてくれ、大阪へ電話をかけてくる」

「驚いたな。電話代もないのか」

2

田島研吉は、緊張した顔で、新大阪駅に入って行った。

駅の時計は、十二時二十分をさしている。最後の列車が到着してしまったあとだけに、構内は、がらんとしていた。

駅員が一人、歩いて来た。田島は小さな咳払いをしてから、声をかけた。

「さっきの列車で、東京から着いたんですが」

と、田島研吉は、いった。

「つい、うっかりして、網棚に、トランクを置き忘れてしまったんです。気がついて、引っ返して来たんですが」

「どんなトランクですか？」

「茶色い、大きなトランクです。あまり、きれいなものじゃありません。僕の名前が書いてあるんですが」

「茶色のトランクねえ」

若い駅員は、宙を睨《にら》んでから、

「そういえば、あったような気がするなあ。駅長室へ行ってごらんなさい」

と、いった。

田島は、ほっとして、駅員に教えられた駅長室に向かって、歩いて行った。

駅長室には、二、三人の駅員がいた。田島が入って行くと、いっせいに、彼の顔を見た。それが、少し異様ではあったが、田島は、かまわずに、近くにいた男に、話しかけた。

「茶色いトランクですか？」

と、相手は、大きな声で、いった。その声で、隣の部屋から、明らかに、駅員でない、レインコートを着た男が、飛び出してきた。痩せて、背の高い、眼つきの鋭い男だった。

田島は何となく、ぎょっとした。少しばかりおかしいなと、気づき始めたが、逃げるわけにもいかなかった。逃げたら、自分から計画を、バクロしてしまうことになる。

「トランクを取りに来たのは、君かね？」

レインコートの男は、田島に向かって、いった。

「そうです」

と、田島は、いった。

「列車の網棚に、トランクを忘れたんで、取りに来たんです」

「トランクの特徴は？」

「茶色で、大きなトランクです。僕の名前が書いてある筈です。田島研吉と」

「確かに、そのトランクなら、網棚にあったよ」

「助かった。すぐ、持ってかえりたいんですが」

「中身は、何だね？」

「本です。本が三十冊ばかり入っています。疑うんなら、調べて下さってもいいですよ。本にも、僕の名前が書いてある筈です。それに、これが僕の身分証明書です」

田島は、学生証を、男に見せた。男は、それを、手に取って、

「S大学四年、田島研吉――」

と、低い声で、読んだ。

「確かに、君は、田島研吉に間違いないかね？」

「間違いありませんよ。その学生証だって、本物ですよ。だから、トランクをかえして下さい。すぐに必要な本が入っているんです」

「駄目だね」

男は、そっけなく、いった。

「駄目？　なぜです？」

「なぜ？」

男の眼が、険《けわ》しくなった。田島は、はっとした。計画が、バレたのだろうか？

「もう、何もかもわかってしまったんだ。あのトランクを渡すわけには、いかん」

「――」

田島の顔が、蒼くなった。やっぱり、バレてしまったのだ。タダで、荷物を送ろうと考えたのが、間違っていたのだ。

「君を逮捕する」

と、男は、いい、ポケットから、黒い警察手帳を出して、田島の眼の前に、突きつけた。

「逮捕？」

「そうだ」

「少し、大袈裟じゃありませんか？」

「何が大袈裟だ？」

「確かに、悪いことをしたのは、認めます。しかし、たかが、鉄道営業法に、ちょっとばかり触れただけじゃありませんか。警察に逮捕されるような大それたことを、したわけじゃありませんよ。罰金なら、払いますよ」

「罰金で、すむことだと、思ってるのか？」

刑事は、大きな声を出した。

「あんなことをしておいて」

「たいしたことじゃないじゃありませんか」

田島は、肩をすくめて見せた。

「荷物を、タダで、東京から大阪へ運んだだけのことじゃありませんか」

「呆《あき》れた男だ。殺人を犯しておいて、平然としているのか？」

「殺人――？」

今度は、田島が、きょとんとして、刑事の顔を見上げた。

「殺人って、一体、何のことです？」

「とぼけるなッ」

刑事が、怒鳴った。

「とぼけてなんか、いません。本当に、何のことか、わからないんですよ」

「じゃあ、こっちへ来てみろ」

刑事は、田島の腕を摑《つか》むと、引きずるようにして、隣の部屋に連れて行った。

床の上に、古ぼけたトランクが、置いてあった。

「このトランクだな？」

と、刑事が、きく。田島は、トランクの隅に、「K. TAJIMA」とナイフで、彫《ほ》ってあるのを見た。電話で、打ち合わせたとおりになっている。

「確かに、このトランクです」

と、田島は、いった。

「じゃあ、あけてみろ」

「鍵を、うちに、置いてきたんですが」

「鍵がなくても、あくようになってる」

「――――」

田島は、黙って、トランクに、手をかけた。鍵はこわれていた。というより、こわしてしまったらしい。

トランクは、すぐあいた。

とたんに、田島は「わあッ」と、悲鳴をあげていた。

油紙に包まれた人間の死体が、二つ折りになって入っていたからである。しかも、その死体には、首がなかった。女の首のない死体――。

3

田島研吉は、逮捕され、連行された。

警察で、彼は、同じ言葉を繰り返した。

「東京の友達に、聞いてもらえばわかります。死体なんか、僕には、関係がないんです。本を送ってもらったんです」

「東京の友達というのは？」

「小池一郎《こいけいちろう》という名前です。R大の四年です。調べてもらえば、わかります」

「――」

刑事たちは、顔を見合わせた。田島の言葉を、信用した顔ではなかった。だが、東京に連絡する必要はある。

「どう思います？」

と、主任の顔を見たのは、新大阪駅から、田島研吉を連行してきた、背の高い刑事だった。矢部《やべ》という名前で、三年前に、東京から来た男である。刑事になってから、十二年というベテランだった。

「あの男の言葉が、信用できるかどうかということかね？」

主任は、矢部刑事を見た。

「君は、どうなんだ？」

「それが、よくわからなくなりました」

「わからん？　ベテランの君らしくもないじゃないか。どう、わからなくなったんだね？」

「最初のうちは、あの男が、嘘をついているんだと思いました。しかし、それが、どうも、おかしくなって来たんです。ひょっとするとあの男は、本当に、トランクの中身は、本だと思っていたのかもしれません」

「あの男も、被害者の一人ということかね？」

「東京に行って、調べてみないと、はっきりしたことは、わかりませんが」

「東京には、君に行ってもらうよ」

と、主任は、いった。

4

矢部刑事は、次の日、東京に着いた。

矢部にとっては、二年ぶりの東京だったが、なつかしがっている余裕はなかった。

すぐ、警視庁に向かった。

ここにも、顔見知りが多い。捜査一課長に挨拶に行くと、

「妙な事件に、引っかかったな」

と、いわれた。

「首なし死体が、しかも、トランク詰めとなると、テレビや新聞が、大さわぎだ」

「それが、どうやら、東京から運ばれた形跡があるのです」

矢部は、田島研吉を逮捕したいきさつを詳しく、課長に話した。

「それで、協力を、お願いに来たんですが」

「いいとも。北川《きたがわ》君をつけて、あげよう。彼なら、よく知っているだろう?」

「ええ。組んで、仕事をしたことがあります」

と、矢部は、いった。

一課長は、すぐ、北川刑事を呼んでくれた。小柄だが、頭の切れる男だった。矢部と組むと、大小のコントラストが面白くて、『漫才コンビ』と、いわれたことがある。

北川刑事は、部屋に入ってくると、「やあ」と、手をあげた。一課長が、矢部を助けるようにというと、北川は、顔を輝かせた。

「面白い事件なんで、ぜひ、やってみたいと思っていたところなんです」

と、北川は、いった。

「それで、最初は？」

「トランクを、東京駅へ運んだという大学生に会ってみたい」

「オーケイ」

と、北川は、昔と同じいい方をした。

矢部は、北川刑事と一緒に、警視庁を出た。外は、秋の陽が、まぶしかった。こんな明るさの中で、あんな事件が起きたのだろうか？

「三年ぶりかな」

並んで歩きながら、北川がいった。

「君とコンビを組むのは――」

「ああ」

「東京は、どうだな」

「相変わらず、馬鹿でかい。東京で犯行があったのだとしたら、犯人を探すのが大変だ」

「被害者の身元は、わかったのか？」

「いや、まだわからん」

矢部は、首のない女の死体を思い出しながら、いった。

「わかったのは、二十五、六の若い女だということと、妊娠三カ月ということだけだ。解剖がすめば、何かわかるかもしれないがね」

「妊娠三カ月か」

北川は、小さな溜め息をついた。

「案外、それが、殺された理由かもしれんな」

「僕も、そんな気がしている」

「死因は？」

「皮膚に、青酸反応が出ていた。青酸カリをのまされてから、首を切られたんだ」

「毒死とすると、犯人は、女の可能性も出てくるな」

北川は、難しい顔になって、いった。

5

R大学に着いたが、田島研吉のいった小池一郎という学生は、出席していなかった。

（逃げたのかな）

と、矢部と、北川は、顔を見合わせた。新聞は、夕刊でなければニュースは出ない筈だが、テレビでは、放映されている。小池一郎は、テレビで見て、犯罪の発覚を知って、逃げたのではあるまいか。

二人は、あわてて、小池一郎が住んでいるアパートに廻った。

木造のきたないアパートだった。屋根の瓦が、ところどころはがされているのは、先日の台風で、飛んだものらしい。

頭の禿げた管理人は、眠そうな顔で、週刊誌を読んでいた。

「ここに、小池一郎という学生がいるね？」

矢部は、かみつくような声で、管理人に、きいた。管理人は、相変わらず、眠そうな眼で、二人の刑事を見た。

「小池さんなら、いますよ」

「部屋は？」

「二階の突き当たりですが、小池さんが、どうかしたんですか？」

「今、いるのかね？」

「さあ、いると思いますが、一体、何があった――」

二人は、管理人の言葉を、途中までしか聞いていなかった。矢部が先に立ち、階段を駆け上がった。

階段が、ぎしぎし鳴った。

管理人のいったとおり、二階の隅の部屋に、《小池一郎》と書いた紙片が、貼りつけてあった。

矢部は、ドアの前に立って、中の気配を窺《うかが》った。部屋の主が犯人なら、おそらく、もう逃げてしまって、いないだろう。

矢部は、ドアをノックした。返事がない。やはり、逃げたのかと思ったが、二度目にノックすると、

「うるせえなァ」

という若い男の声がした。

「用があるんなら、入ってくれよ。鍵はかかってないから」

「――――」

矢部と北川は、黙って顔を見合わせてから、ドアをあけた。

狭い部屋だった。机が一つだけ置いてあった。

部屋の真ん中に、布団が敷いてあり、そこに若い男が寝転んでいた。腹這《ば》いになって、煙草を吸っていたのが、眼を大きくして、入ってきた二人を見上げた。

「誰だい？　あんたたち」

「警察のものだ」

と、矢部が、いった。

「警察？」

びっくりした声でいい、青年は、布団の上に、飛び起きた。

「小池一郎君だね？」

立ったまま、矢部がきいた。

「ええ」

蒼い顔で、青年が、うなずいた。

「大阪の田島研吉は、君の友人だね？」

「そうです」

「昨日、新幹線で、トランクを送ったね？」

「あれが、バレたんですか――」

青年は、頭をかいた。

「やっぱりね。バレるような気がしたんだ」

「いいたいのは、それだけかね？」

「え？」

「テレビは、見ないのか？」

「買う金がありません。ラジオはあったんですが、質屋の庫の中に入っちまってます」

「今日は、なぜ、学校を休んだのかね？」

「面白い授業がなかったからですよ。いけませんか？」

「さあね」

矢部は、あいまいにいって、部屋の中を見廻した。この男が犯人だろうか？　女を殺した男にしては、落ち着きすぎている感じがないでもない。

「とにかく、来てもらおうか」

間を置いてから、矢部が、いった。小池一郎は、びっくりした顔で、矢部と北川の顔を見比べた。

「来てもらうって、どこへ行くんですか」

「もちろん、警察だよ」

「冗談じゃない」

「ああ、こっちも、冗談をいってるわけじゃない」

「罰金なら払いますよ。今は、ありませんが、友達に借りて、必ず払いますよ。確か、料金の三倍払えばいいんでしょう？」

「――」

矢部は、黙って、小池一郎の顔を見つめた。

まるで、田島研吉と同じ反応だなと、思った。本当に、この青年は、殺人には、無関係なのだろうか？　それとも、とぼけて、ごまかそうとしているのか？

「罰金は払いますよ」

小池一郎は、同じ言葉を繰り返した。

「罰金ですむことじゃない」

矢部は、苦《にが》い顔で、いった。

「人を殺しておいて、罰金ですむと思っているのか？」

「人殺し？」

小池一郎は、ぽかんとした顔で、矢部を見上げた。その驚き方も、田島研吉に似ているなと、矢部は思った。

6

小池一郎は、連行され、取調室で、訊問が行なわれた。

「人殺しなんか、僕には、関係ありませんよ」

と、小池一郎は、繰り返した。

「僕は、トランクに本を詰め込んで、大阪へ送っただけです。それが悪いんなら、罰金を払いますよ」

「本を詰めたトランクから、死体が出て来たというのは、どういうわけかね？」

矢部が、難しい顔できいた。

「そんなこと知りません」

と、小池は、いった。

「トランクが違うんじゃありませんか」

「この写真を見てみたまえ」

矢部は、トランクを写した何枚かの写真を、小池の前に置いた。

小池は強い眼で写真を見た。

「どうだね？」

「確かに、僕の送ったトランクです」

と、小池は、顔を上げていった。

「田島研吉の名前を彫ったのは、僕ですから、覚えています」

「このトランクに本を詰めたというのは、本当なのかね？」

「本当です。田島に返すんで、三十冊の本を詰めたんです。自分で、新聞に包んで、縄をかけてから、トランクに入れたんだから、憶えています。本の名前だって、ちゃんと覚えていますよ」

「トランクを東京駅に運んだのは、君かね？」

「そうです」

「ひとりで？」

「ええ」

「それから？」

「入場券を買って中へ入ったんです。九時発の新幹線は、あまり混んでいませんでした。一番空いている車輛《しゃりょう》に入って、網棚に、トランクを載せたんです。それから、出発間際になって、降りました。それだけですよ」

「その時、網棚には、似たようなトランクは、なかったかね？」

「見ませんでしたね」

「トランクを大阪に送ることを知っているのは？」

「僕と、田島と、それに、もう一人、同じR大の、安部《あべ》が知っています。かつぎ屋の手を使えって教えてくれたのは、安部なんです」

「どんな男だね？」

「普通の学生ですよ。ちょっとばかり、ちゃっかり屋ですが」

「住所は？」

「自分の家から通っています。池袋の駅前にある、洋服屋です。そこの一人息子です」

矢部は、視線を、小池から、そばにいた北川刑事に移した。

北川は、気軽く立ち上がった。

「僕が、行って来よう」

と、北川は、いい、調室を出て行った。

7

二時間ほどして、同じR大の四年、安部義一《ぎいち》も連れて来られた。六尺近い大きな男だった。

「死体が入ってたなんて、信じられませんね」

と、安部義一も、他の二人と同じことを、いった。

「本当に、死体が入ってたんですか？」

「本当だ」

と、矢部は、いった。

「かつぎ屋の真似は、君が発案者だそうだね」

「ええ。小池が、困った困ったというもんだから、ちょっと、知恵を貸してやっただけですよ」

「つまらん知恵を貸したものだな」

「しかし、本を送るといったから教えたんで、死体が飛び出てくるとは、思いませんんからね」

「まさか、君がやったんじゃあるまいね？」

「とんでもない」

安部義一は、顔色を変えて、首を横にふった。

「なぜ、僕が、人を殺さなきゃ、ならないんですか？」

「トランクを送る方法を、小池一郎に教えたのは君だ。君なら、大阪に着くまでの間に、トランクの中身をすりかえることが出来る。それに、あのトランクは、君のものだというじゃないか？」

「ええ」

「それなら、あけ方も知っている筈だ」

「あのトランクの錠は、誰にだって、簡単にあきますよ。簡単だし、大分、バカになっていましたからね。第一、僕は、昨夜、家にいましたよ。東京駅になんか、行きませんよ。家の者にきいてもらえばわかります」

「もちろん、きいてみるさ」

矢部は、そっけなく、いった。

「その間、君には、ここにいてもらうことになるね」

矢部は、取調室を出ると、北川刑事と一緒に、安部義一の家に向かった。

「君は、あの連中を、どう思うね？」

池袋に向かう途中で、矢部は、北川の意見をきいた。

「どうといいうと？」

「彼等が、やったのだろうか？」

「君は、どう思うんだ？」

「大阪で、田島研吉という男が、トランクを取りに来た時は、この男が、犯人だと思った。しかし、だんだん、自信がなくなって来たんだ。東京に来て、二人に会ったら、更に、それが深くなった。反応が、あまりにも、無邪気すぎるんだ。もっとも、あれが芝居なら、すごい悪党ということになるんだが――」

「問題は、被害者の身元だな」

北川は、難しい顔で、いった。

「殺された女が、何らかの意味で、あの連中に関係があるということになれば、クロの可能性が、強くなってくるぜ」

「それは、わかっている」

と、矢部は、うなずいた。だが、あの女の身元が、簡単に割れるだろうか。肝心の首がないうえに、裸同然の格好で、トランクに詰められていたのだ。身元がわかるまでには、時間が、かかるのではあるまいか。

洋服屋に着いた。

安部義一の母親は、おろおろした声で、二人に、息子が悪いことをする筈がないと、主張した。

「昨夜は、いつ頃、帰って来たか、憶えていますか？」

矢部は、冷静な声で、きいた。

「確か、八時頃でしたよ」

母親は、乾いた声で、いった。

「それが、どうかしたんですか？」

「そのあとは？　外出しませんでしたか？」

「ええ。外出は、いたしません。嘘だと思うんなら、店の者に、きいて下さい。あの子は、八時に帰ってきて、それからは、ずっと家にいたんです」

母親は、かたくなに、いった。

北川刑事が、店員の一人を摑《つか》まえて、同じ質問をしてみた。答は、同じであった。前もって、打ち合わせをした様子は、なかった。安部義一は、八時に帰宅し、それ以後、外出していないという。これが本当なら、東京駅へ行き、九時発の新幹線の網棚に載せられたトランクの中身を、すりかえることは、出来る筈がない。

二人は、収穫なく、警視庁に戻った。

8

調室に戻ると、大阪からの連絡が、矢部を待ち受けていた。そのほとんどが、解剖結果の報告であった。

〈被害者の身長は、約一六〇センチ。体重は四八キロと推定される。年齢は、二十五歳から二十七歳までの間である可能性が強い。解剖結果によれば、明らかに青酸死であり、首は、おそらく、鋸《のこぎり》のようなもので、切断したと思われる。胃に障害あ

り。おそらく、アルコールのためと考えられるので、被害者は、水商売についてい
た可能性がある。肉体的特徴として、盲腸の手術の痕あり。これは、ごく最近手術
したものと思われる。他に、妊娠三カ月〉

〈水商売の女か〉

矢部は、口の中で、呟《つぶや》いた。報告書の指摘が当たっていたら、探すのが、苦労だな
と、思った。家出人や、行方不明の届け出があった中から、最初は、探すことになる
が、水商売の女では、そんな届けが、出ていないかもしれないからである。

それでも、矢部は、北川に応援してもらって、翌日から、家出人や、行方不明者の
書類に当たってみることにした。

最近のものに限定してみた。が、それでも尨《ぼう》大《だい》な量であった。近頃は、家出人や、
理由もなく行方不明になる者が、やたらに多い。

二人は、書類を、一枚一枚調べていった。

一日かかって、とにかく調べ終わった。が、該当する人物は、見つからなかった。
やはり、届けは、出ていないのだ。

失望が、矢部と、北川を襲った。被害者の身元が割れない限り、事件は、進展しそうになく思われたからである。

二日目が、空しく流れた。

三日目に、若い女の声で、警視庁に、電話がかかってきた。新聞に出ていた被害者に、心当たりがあるというのである。

矢部は、電話に飛びついた。

「本当に心当たりがあるのですか？」

「ええ」

と、相手は、いった。

「一緒に働いていたカズエのような気がして、ならないんです」

「カズエ？」

「昭和の和《わ》に、枝《えだ》です。店では、そう呼んでるんです」

「店というのは？」

「五反田《ごたんだ》にある『シャノアール』って、バーです」

「なぜ、カズエさんだと思ったんです？」

「六日ほど前から、急に姿を消しちまったし、身長や体重も合ってるんです。だから——」

「とにかく、会って、詳しいことを、聞かせて下さい。今は、どこから電話を？」

「お店の近くにあるアパートからです。名前は、青葉荘。駅の近くだから、すぐわかります」

「貴女の名前は？」

「飯田《いいだ》セツ子です」

「じゃあ、すぐ行きます」

矢部は、電話を切り、北川を誘って、部屋を出た。

9

女のいったとおり、アパートは、すぐわかった。ほとんどの窓に、スリップや、パンティが干してあるところをみると、住人のほとんどが、水商売の女なのかもしれない。

狭い入り口のところに、色の白い、小柄な女が立って、二人を待っていた。それが、電話をくれた、飯田セツ子だった。

セツ子は、二人を、二階の自分の部屋に案内した。

「ところで、電話のことですが」

と、矢部は、部屋に入るとすぐ、セツ子にいった。

「和枝さんのことを、もう少し詳しく話してもらえませんか？」

「和枝は四カ月前に、盲腸の手術をしたことがあるんです。あたしが、付き添って、病院まで行ったんだから、よく憶えているんです。新聞にも、最近盲腸を手術したと、書いてありましたけど」

「和枝さんは、妊娠していましたか？」

「ええ。彼女は、みんなに、かくしてたんですけど、あたしは、和枝が、産婦人科の病院に入るのを、見ちゃったんです。それで、問いつめたら、妊娠三カ月だって、白状したんです」

「相手の男は？」

「そんなこと、しゃべるもんですか」

「和枝さんの写真があったら、見せてもらえませんか?」

「確か、一枚ぐらい、あった筈なんだけど」

飯田セツ子は、ひとり言のようにいいながら、鏡台の引き出しを調べていたが、

「ありました」といって、名刺大の写真を、矢部に見せた。

水着姿の若い女が、写っていた。北川刑事も、そばから、写真を覗《のぞ》き込んだ。

「去年の夏、逗子《ずし》に行ったとき、写したんですよ」

と、セツ子が、いった。

「なかなか美人だ」

と、北川刑事は、感心したように、いってから、

「この黒い斑点は何かな?」

と、写真の顔のあたりを、指さした。右眼の脇のあたりに、黒い斑点が見えるのだ。

「アザですよ」

と、飯田セツ子が、いった。

「和枝には、眼のところに、アザがあったんです。たいしたアザじゃないのに、本人は、ずい分、気にしていましたけど」

「アザか——」

矢部は、呟《つぶや》いてから、北川刑事の顔を見た。北川も、黙って、うなずいた。犯人が、首を切断した理由が、わかったような気がしたからである。被害者が、この和枝という女とすれば、一番の特徴は、顔のアザということになる。他は、身長も体重も、普通だから、特徴とはいえない。だから、目立つ首の部分を切り捨てたのでは、ないだろうか。犯人は、特徴のある首さえかくせば、身元の割れることはないと、考えたのかも知れない。

だが、まだ、被害者が、写真の女と、決まったわけではなかった。

「指紋が欲しいな」

と、北川が、いった。

「この女の指紋が採《と》れれば、死体の指紋と照合できる」

「この人の住所は？」

と、矢部は、飯田セツ子を見て、きいた。

「ここですよ」

「ここ？」

「階下《した》の部屋です。見るんなら、案内しますけど」

「もちろん、見せてもらいますよ」

と、矢部は、いった。部屋を出たところで、北川が、

「電話をかけてくる」

と、矢部に、いった。

「鑑識に来てもらって、指紋を採ってもらおうと思うんだ」

「頼む」

と、矢部は、いった。

部屋の入り口に、『山下和枝』と書かれた名刺が、貼りつけてあった。管理人に、鍵をあけてもらって中に入ると、かび臭いにおいがした。部屋の空気も、しめっぽい感じだった。

部屋の中は、きちんと整理されていた。おそらく、山下和枝という女は、几帳面な性格なのだろう。

鏡台に並んで、小さな机があった。矢部は、まず、その引き出しを、調べてみた。

これはと思うものはなかった。それに、あまり、いじり廻しては、指紋採取が、難し

くなる。

矢部は、手を休めて、鑑識の来るのを待った。

二時間ほどして、鑑識の車が、到着した。白衣に身を包んだ鑑識課員は、部屋に入ると、てきぱきと、作業に、取りかかった。

作業は、三十分ほどで終わった。

「採れましたよ」

と、鑑識の一人が、矢部と、北川の顔を見ていった。

山下和枝の指紋は、すぐ、大阪へ送られた。矢部と北川は、じりじりしながら、その返事を待った。

大阪から、電話が、かかってきたのは、その日の夜半すぎだった。受話器を摑んだ矢部の耳に、大阪の主任の声が、飛び込んできた。

「指紋は、ぴったり合ったよ」

と、主任は、大きな声で、いった。

「同一人に、間違いない」

10

首なし死体の身元は割れた。大きな前進であった。あとは、山下和枝の周囲の人間を洗っていけばいいのである。

矢部と北川の二人は、もう一度、青葉荘アパートに飛んで、飯田セツ子に会った。

矢部が、指紋が一致したことを告げると、セツ子は、

「やっぱり――」

と、暗い表情になって、いった。

「それで、和枝を殺した犯人は？」

「それを、これから、調べるんです。あなたも協力して下さい」

「もちろん、協力しますけど、どんなことをしたらいいのかしら？」

「思い出してもらえれば、いいんです」

「何を？」

「殺された山下和枝が、どんな人間と、つき合っていたかをですよ。店で、特に山下

和枝に、好意を寄せていた客は？」

「さあ。無口な娘《こ》だったんで、よくわからないんです」

「しかし、山下和枝を目当てに通っていた客は、いたんじゃありませんか？」

「それが、よくわからないんです。あたしは、一番彼女と親しくしていたつもりなんだけど、それでも、妊娠してたのを、なかなか気づかなかったくらいなんですから」

「じゃあ、この写真を見て欲しい」

矢部は、用意してきた小池一郎と、安部義一の写真を、女の前に置いた。

「二人とも、R大の学生で、年齢は、二十二歳。あなたの店に、来たことはないだろうか？」

「そうねえ」

飯田セツ子は、大きな眼で、二枚の写真を見つめていたが、

「店に来たことは、ないと思います」

「確かですか？」

「ええ。あたしって、一度見た顔は、なかなか忘れないんです。この二人は、見たことがない顔ですわ」

「店ではなく、このアパートを訪《たず》ねて来たことは？」

「ありません」

と、飯田セツ子は、断言するような、いい方をした。

矢部は、念のために、アパートの管理人や、他の部屋の住人にも、二枚の写真を見せたが、結果は、同じであった。誰も、小池一郎と、安部義一に、見憶えはないというのである。

（あの二人は――ということは、大阪の田島研吉もということだが――今度の殺人事件に、無関係なのだろうか？）

矢部は、腕を組んで、考えこんでしまった。

（もし、無関係なら、なぜ、彼等の送ったトランクに、山下和枝の死体が、入っていたのだろうか？）

すぐには、答は見つからなかった。だが、どうしても、答は、見つけ出さなければ、ならない。

翌日の朝刊には、次のような大きな見出しで、事件の記事が載った。

〈首なし死体の身元わかる〉

11

山下和枝の身辺が、徹底的に、調査された。

山下和枝、二十五歳。福島県の農家に生まれ、四年前に上京。半年間食堂のウェイトレスを勤めたあと、水商売に入る。どこにでも転がっている女の履歴だった。殺されて、トランクに詰められた点を除けば――。

矢部は、バー『シャノアール』のマダムにも会った。が、彼女から得られたものは、飯田セツ子のものと、似たりよったりであった。

山下和枝に、特別に執心《しゅうしん》だった客の心当たりはないと、マダムは、いった。

「あの娘《こ》は、ひどく、アザを気にしてましてね」

と、マダムは、矢部に、いった。

「それで、ちょっと、陰気なところがあったんですよ。だから、あまり、客がなくて」

「しかし、妊娠してたんだから、男が、いた筈なんだが？」

「それを聞いて、あたしも、びっくりしてるんですよ。いつの間に、男を作ってたんだろうかって」

マダムは、不思議そうに、いった。これでは、彼女から、山下和枝の男関係を、きき出そうと思うのが、無理な相談のようであった。

マダムは、小池一郎と、安部義一の写真を見ても、知らない顔だと、いった。

「連中のシロの線が、だんだん強くなって来たようだな」

と、北川刑事は、矢部に、いった。

「彼等がシロだとすると、犯人は、どうやって、何のために、茶色のトランクに、山下和枝の死体を、入れたかが、問題になってくるな」

「死体を、トランクに入れた理由は、簡単だと思うね」

と、矢部は、いった。

「犯人は、死体の処置に困ったんだ。たまたま、あの学生連中が、不正な手段で、本を詰めたトランクを大阪へ送るのを知った。それで、大阪へ行くまでの間に、中身をすりかえたんだ。連中は、中に死体が入ってるのを見て、びっくりするが、不正なことをしたんだから、警察に届けることが出来ない。となれば、彼等が、死体の始末をしてくれるんではないか。犯人は、それを狙ったような気がするんだがね」

「となると、残るのは、犯人が、どうやって、トランクのことを、知っていたかということだな」

「そうだ。だから、もう一度、あの連中に会ってみる必要があると思う」

と、矢部は、いった。

翌日、小池一郎と、安部義一の二人に、警察へ出頭してもらった。

二人とも、あまり愉快そうではなかった。殺人事件の容疑者にされたのだから、当然のことかもしれなかった。

「警察は、まだ、僕達を疑ってるんですか？」

二人は、矢部の顔を見るなり、嚙みついてきた。

矢部は、あいまいに、笑って見せた。

「我々としても、君達をシロと思いたいが、そのためには、いくつかの問題に、答が見つからなければならないんだ」

「どんな問題です？」

「君達の話が本当なら、あのトランクには、三十冊の本が詰められて、新幹線の網棚に載せられたことになる」

「そのとおりですよ」

と、小池一郎が、いった。

「何度もいったように、僕は、本を詰めて、東京駅へ持って行ったんです。嘘じゃありません。本当のことです」

「しかし、新大阪に着いたとき、そのトランクに、三十冊の本の代わりに、首を切られた女の死体が入っていたのも、本当のことなんだ」

「死体のことは、知りませんよ。誰かが、途中で、すりかえたんじゃありませんか？僕達に、罪をなすりつけようとして」

「君達の話が本当なら、確かに、途中で、すりかえたとしか考えようはないね」

「そうですよ。犯人が、すりかえたに決まっていますよ」

「しかし、それなら、犯人は、どうして、君達の計画を、知っていたのかね？」

「――？」

「いいかね。犯人は、全てを知っていたんだ。でなければ、おかしなことになる。死体が入るぐらいの大きなトランクが、新大阪へ運ばれることを、犯人は、知っていたんだ。しかも、そのトランクの持ち主は、列車に乗っていない。だから、自由に、中身をすりかえることが出来る。そういうことにならないかね？」

「———」

「君達以外に、計画を知っていた人間に、心当たりは？」

矢部がきくと、二人は、顔を見合わせてしまった。

12

「よく、考えて欲しい」

と、矢部は、いった。

「計画を、他の人間に、しゃべらなかったかね？」

「僕は、しゃべらない」

と、小池一郎が、いった。

「もちろん、大阪の田島には、電話で連絡しましたが、他の者には、しゃべりませんよ」

「僕も、同じだ」

と、安部義一も、いった。

「誰にも、しゃべりませんよ」

「おかしいじゃないか」

矢部は、難しい顔になって、二人の顔を見た。

「君達しか知らないことを、なぜ、犯人は、知っていたのかね？」

「それが、僕にも、わからないんですが」

小池一郎は、当惑した顔になった。

「わからないでは困る」

矢部は、同情のない、いい方をした。

「もし、わからなければ、君達の容疑は消えないことになる」

「そんな馬鹿な――」

「なら、考え給え。犯人が別にいるなら、どこかで、君達の計画を知ったのだ」

「――」

「計画を話し合ったのは、どこだね？　野原の真ん中でかね？」

「いや、喫茶店です」

「喫茶店？」

矢部の眼が、光った。

「その店の名前は？」

「新宿の、『リーベ』という店です」

「店は混んでいたかね？」

「ええ」

「すると、君達のまわりにも、客はいたわけだね？」

「ええ。いましたよ」

「その中で、君達は、計画の打ち合わせをしたのか？」

「そうです」

と、二人は、うなずいてから、顔を見合わせた。

「じゃあ、あの時に——？」

「可能性はある」

矢部は、大きな声で、いった。

「たまたま、君達の近くに、女を殺して、死体の処置に困っていた犯人がいたのかもしれん。犯人は、君達の計画を聞いた。これだと思った。不正行為という弱みがあるから、死体は、この連中が始末してくれるだろうと考える。犯人は、家に戻ると、目印になる首を切断し、死体を油紙に包んで、トランクに入れた。そのトランクを持って、東京駅へ行く。新幹線が発車してから網棚を調べると、案の定、茶色いトランクが載っている。犯人は、そのトランクを取り上げる。持ち主のないトランクだから、乗客が、文句をいう筈がない。犯人は、二つのトランクを、洗面所へ持ち込むと、中身をすりかえた。そして、最初の停車駅で降りてしまう。これで、終わりだ」

「僕も、そのとおりだと思います。あの喫茶店で、計画を盗み聞きされたに決まっています」

「証明できるかね？」

「証明？」

「そうだ。推測だけでは、何の役にも立たん。君達は、その喫茶店で、自分たちのまわりにいた人間を、思い出せるかね？」

「――――」

二人は、黙って、また、顔を見合わせた。

「どうだね？」

「少しずつなら、思い出せるかもしれません」

あまり自信のない顔で、小池一郎が、いった。

「ゆっくりでいいから、なるべく正確に、思い出して欲しいね」

矢部は、煙草を取り出してくわえ、二人の学生にもすすめた。紫煙が、取調室に立ちのぼった。

「女学生がいたな」

と、二人は、顔を見合わせながら、いった。

「五人ばかり集まって、わいわい、いってました」

「女学生じゃ仕方がない」

矢部は、苦笑して見せた。

「今度の事件は、女学生の犯罪じゃない。大人の犯罪だ」

「本を読んでた男がいたじゃないか」

小池一郎が、同意を求めるように、安部義一の顔を見た。

「黒っぽい背広を着た、丸顔の男だ。憶えていないか？」

「思い出したよ」

と、安部義一も、うなずいた。

「あの男なら、二、三度、あの店で見たことがあるぜ」

「サラリーマンかね？」

矢部がきくと、小池は、ちょっと考えてから、

「と、思います」

と、いった。

「時々、『リーベ』に来て、本を読んでるんです。あの近くの会社に勤めてるんじゃありませんか」

「会えば、わかるね？」

「ええ」

「じゃあ、これから一緒に行ってもらおうか」

矢部は、腕時計を見て、立ち上がった。

「丁度、五時だ。君達のいうとおり、その男がサラリーマンなら、丁度、退社時間だ

からね。これから行けば、その店で、会えるかも知れん」

「一緒に行かなければ、いけませんか？」

「当たり前だ」

矢部は、そっけなく、いった。

「今度の事件は、君達のつまらない行為から、生まれたんだからね」

13

新宿に着いたのは、五時半であった。ネオンが、またたき始めていた。勤め帰りらしい人波が、歩道にあふれている。『リーベ』は、かなり大きな喫茶店だった。中は、わりと空いていた。

「この間の時と、同じ場所に、坐ってもらいたいが、空いているかね？」

矢部がきくと、二人は、店内を見廻してから、

「空いています」

と、いった。

三人は、隅のテーブルに腰をおろした。

「例の男は、来ているかね？」

「まだ、来ていません」

「来たら、合図してくれ」

矢部は、二人に頼んでから、煙草を取り出して、火をつけた。ウェイトレスが、注文をききに来た。二人はコーヒーを頼み、矢部は、紅茶を注文した。

店の中に、音楽が流れていた。矢部の知らない曲である。もっとも、矢部の知っている曲は、ごく限られているのだが。

コーヒーと、紅茶が運ばれて来た。が、問題の男は、まだ現われなかった。矢部は、もう一度、腕時計に眼をやった。六時に近かった。

店が、少しずつ混んできた。アベックが多くなってきた。

「来ました」

と、ふいに、小池一郎が、矢部に顔を寄せて、いった。

「今、入って来たのが、あの時の男です、間違いありません」

矢部は、入り口に眼を向けた。痩せた、背広姿の男が、週刊誌を片手に持って、店に入って来たところだった。

「確かに、あの男です」

と、安部義一も、口を添えて、いった。

男は、空いた席を見つけて、腰をおろすと週刊誌をひろげた。

矢部は、立ち上がった。

「僕達は、どうしたら、いいんですか？」

二人が、さすがに、緊張した顔で、きいた。矢部は、男の様子を、横眼で見ながら、

「君達は、ここにいて、あの日、他にどんな人間がいたか、思い出してみてくれ」

と、いった。

矢部は、男のテーブルに近づくと、黙って、そばに腰をおろした。

「失礼ですが」

と、矢部は、男に声をかけた。

「貴方に、お伺いしたいことがあるのです」

「え？」

男は、顔を上げて、びっくりしたように、矢部を見た。

「貴方は、誰ですか？」

「警察の者です」

矢部は、手帳を見せた。男の顔が、固くなった。

「僕は、悪いことなんか、していませんよ」

「わかっています。ただ、参考までに、お伺いしたいことがあるのです」

「何をですか？」

「まず、お名前から、教えて頂けませんか？」

「伊東《いとう》です。伊東正男《まさお》です」

「お勤めですか？」

「ええ。この近くの会社に勤めています。太陽興業という小さな会社です」

「一週間前の晩にも、この店に、来ましたね？」

「来たかもしれません。ほとんど毎日、仕事が終わってから、来ますから」

「こういう店が、お好きなんですか？」

「別に好きじゃありませんが、アパートに帰ってもつまらないんで、ここで、時間を潰《つぶ》すことにしているんです」

「そのアパートは、どこです？」

「中野です。名前は、白鳥荘です。安アパートですよ」

「旅行は、お好きですか？」

「まあ、好きです」

「新幹線に乗ったことは、ありますか？」

「ええ。二、三度ですが」

「旅行には、トランクを、持って行きますか？」

ききながら、矢部は、相手の顔色を窺《うかが》ったが、予期した反応は見られなかった。伊東正男は、微笑しただけだった。

「トランクを持ち歩くような遠出の旅行は、まだ、したことがありません」

と、相手は、いった。

矢部は、質問を切りあげると、カウンターのそばにある電話の所まで、歩いて行った。

ダイヤルを廻して、北川刑事を、呼び出した。

「伊東正男という男を調べて欲しい」

と、矢部は、いい、メモした彼のアパートを教えた。

「二十七、八の瘦せた男だ」

「どの程度、くさいんだ？」

「トランクが、東京から大阪へ運ばれるのを、知っていた可能性がある。今のところは、それだけなんだが」

「調べてみよう」

「頼む」

といって、矢部は、受話器を置いた。元のテーブルに戻ると、小池一郎と、安部義一の二人が、待ちかねていたように、

「どうでした？」

と、矢部に、きいた。

「あの男が、犯人ですか？」

「そんなに簡単に、わかれば、苦労はしない」

と、矢部は、苦笑して見せた。

「ところで、何か、思い出したかね？」

「アベックが、近くにいたのを、思い出しました」

と、小池一郎が、いった。

「アベックというだけでは、漠然としているな。何か、特徴はないかね？」

「男の方は知りませんが、女の方は知っています」

「君達の知り合いか？」

「口をきいたことはないんですが、顔は知ってるんです。新宿の三星デパートの店員です。案内所のところにいる娘で、なかなかいいじゃないかと、二人で、眼をつけてたんです。名前は、確か、秋山《あきやま》です。胸のところに、名札をつけてるから、わかりますよ」

「明日にでも、その美人に、会ってみよう」

と、矢部は、いった。

14

翌日、デパートのあく時間を見はからって矢部は、新宿の三星デパートに出かけた。

入り口を入って、すぐの所に、案内所のカウンターがあった。ユニフォーム姿の若い女が、腰をおろしていた。胸のあたりに、『秋山』と書いた名札をつけていた。この女らしい。

矢部が、警察手帳を見せると、さすがに、顔色を変えたが、それでも、応対する声は、落ち着いていた。

「少し、おききしたいことがある」

と、矢部がいうと、彼女は、上司のところへ行って、時間をもらってきた。その態度も、落ち着いていた。

矢部は、地下の応接室に案内された。

「どんなことでしょうか？」

腰をおろしてから、改まった口調で、きいた。矢部はじっと、相手の顔を見つめた。

「あなたは、男の人と、『リーベ』という喫茶店に行ったことがありますね？」

「ええ」

「どんな方ですか？」

「私、来月、結婚するんです」

「ほう。それは、いいですね。同じデパートの人ですか？」

「いいえ。官庁に勤めています。名前は、佐藤清彦《さとうきよひこ》です。映画を見た帰りなんかに、よく、あの喫茶店に寄るんです」

「一週間前、正確には、八日前の晩、『リーベ』に寄ったのを、憶えていますか？」

「ええ。確か、デパートが、休みの日でしたから、憶えています」

「その日のことを、ききたいんですが、『リーベ』を出たのは、何時頃ですか？」

「確か、六時半頃だったと思います」

「それから、どこへ行きました？」

「本当は、すぐ、別れる筈だったんですけど――」

語尾を濁《にご》して、赭《あか》い顔になった。

「店を出たら、気が変わってしまって、夜の東京見物でもしようということになったんです」

「東京見物？」

「ええ。おのぼりさんになるのも、いいものだって、彼がいうもんですから、はとバスに乗ったんです。新宿駅の東口から七時に出ていますけど」

「知っています。それで、何時まで、バスに乗っていたんですか？」

「東京を一まわりして、新宿に戻ったのは、九時半頃でした。時間は確かですわ」

「九時半ですか」

矢部は、軽い失望を感じた。女の話が本当なら、このアベックは、容疑者から除外されてしまう。

「九時半まで、バスに乗っていたことを、証明できますか」

「出来ると思います。あの日は、乗っている人が、十人ぐらいでしたから、バスガイドの方が、私達のことを、憶えていてくれると思うんです。それに、歌舞伎座の前で、記念写真をとりました。その写真にも、私達が写っています」

「その写真は？」

「確か、ロッカーに入れてある筈ですけど。持って参りますか？」

「そうして下さい」

女は、応接室を出ていくと、キャビネ判の写真を持って、戻って来た。矢部は、その写真を見たが、失望が、再び襲いかかってくるのを感じた。確かに、彼女が、若い青年と腕を組んで写っていたからである。

矢部は、礼をいって、写真を返した。

デパートを出てから、矢部は、念のために、新宿東口にある、遊覧バスの案内所に廻ってみた。しかし、結果は、同じであった。案内所には、運良く、当日のバスガイドが詰めていたが、矢部の質問に対して、そのカップルなら、七時にバスに乗り、最後まで一緒だったといった。

「本当に、お似合いのカップルだったんで、よく憶えているんです」

と、二十二、三のバスガイドは、矢部のきかないことまで、ぺらぺらと、しゃべってくれた。

「何だか、近々結婚なさるようなことを、お二人で、話していらっしゃいましたけど」

「二人が乗ったのは、十月二十八日に、間違いありませんか？」

「ええ。間違いありません。私の誕生日だもんですから、よく憶えているんです。確かに、十月二十八日ですわ」

完全な敗北だなと、矢部は、思った。これ以上のアリバイはない。あのカップルは、今度の事件とは、無関係だ。

「何か、あのお二人が、事件でも起こしたんですか？」

矢部が、礼をいって帰りかけると、バスガイドが、好奇心を剝《む》き出しにした顔で、きいた。

「いや」

と、矢部は、疲れた声を出した。

「たいしたことじゃありません」

15

伊東正男を調べていた北川刑事も、ひどく疲れた顔で、戻って来た。

「あの男は、シロだね」

と、矢部を見て、いった。

「ちゃんとしたアリバイがあるし、山下和枝の働いていたバーに、行ったこともないようだ。彼の写真を持って、『シャノアール』に廻ってみたんだが、マダムも、ホステス達も、一度も来たことはないというんだ。残念だが、彼はシロだよ」

「やっぱりね」

と、矢部は、うなずいた。

「新幹線や、トランクという言葉を聞いても、全然、顔色が変わらなかったから、シロじゃないかと、思っては、いたんだがね」

「君の方は、どうだったんだ？　その顔色じゃあ、収穫なしというところだな？」

「そのとおりだ」

矢部は、苦笑して見せた。

「収穫は、ゼロだったよ」

「しかし、両方とも駄目だとなると、難しくなるな。これから、どこを調べる？」

「もう一度、学生の連中に当たってみる。何か、見落としていることが、あるかも知れないからね。君は、殺された山下和枝のまわりを、もう一度、洗ってみてくれないか。彼女を妊娠させた男を知りたいんだ」

「オーケイ」

と、北川は、笑って、いった。

矢部は、再び、小池一郎と安部義一の二人に会った。

「サラリーマンも、アベックも、犯人じゃない」

と、矢部は、二人に、いった。

「ちゃんとしたアリバイがある。他に、あの時、近くにいた人間を、思い出せないかね？」

「他には、いませんでしたよ」

と、小池一郎が、いった。

「女学生と、本を読んでいた男と、アベックだけですよ。僕達のそばにいたのは」

「そのとおりです」

と、安部義一も、いった。

「他には、いませんでした。もちろん、店の中には、他にも客はいましたが、離れていた客には、僕達の話は、聞こえなかった筈です」

「おかしいじゃないか」

矢部は、難しい顔になって、二人を見た。

「女学生が犯人とは考えられない。アベックにも、本を読んでいた男にも、アリバイがあるとなると、一体、誰が、どこで、君達の計画を知ったのかね？」

「僕達にも、わかりません」

「『リーベ』以外で、計画をしゃべったことは？」

「ありません。絶対に」

小池一郎は、真顔でいい、安部義一もうなずいて見せた。嘘をついているようには、見えなかった。だが、嘘でないとしたら、犯人は、どうやって、トランクのことを、知ったのだろうか？

「本当に、他の人間に、しゃべったということは、ないのかね？」

諦めきれずに、矢部は、同じ質問を繰り返したが、返って来た答は、同じであった。

矢部は、諦めざるを得なかった。二人の言葉を信じるより仕方がないのである。問題が、残ってしまった感じだった。

矢部は、空しく、警視庁へ戻った。北川刑事は、一時間ほどおくれて、帰ってきた。

「僅《わず》かだが、収穫があったよ」

と、北川は、矢部に、いった。

「山下和枝の部屋を、もう一度調べてみたんだが、預金通帳のなくなっているのが、わかった」

「ほう」

矢部は、眼を大きくした。

「それで？」

「同じアパートの飯田セツ子が、確か、七、八十万の貯金があった筈だというんだ。それで、銀行へ行ってみたんだが、百円を残して、全部おろされていた。しかも、十月二十九日にだ」

「死体が発見された翌日だな」

「うむ。窓口で、きいてみたんだが、金をおろしに来たのは、中年の男だというんだ」

「中年の男か」

矢部は、今までに会った事件の関係者の顔を、思い浮かべてみた。学生たち、伊東正男というサラリーマン、アベック、どれも、若くて、中年という感じではなかった。やはり、犯人は別にいたのか。

「これが、その男の筆跡だ」

北川は、ポケットから、二つに折りたたんだ、銀行の普通預金請求書を取り出して、矢部に見せた。癖《くせ》のない字で、山下和枝の名前が、書いてあった。

「その男は、手袋をはめていたそうだから、指紋は、駄目だ」

北川が、いった。

「だから、モンタージュ写真を作るより仕方がない。うまく作れるかどうか、わからないがね」

「その男を見たのは、窓口の事務員だけなのか？」

「そうだ。だから、モンタージュ写真を作りにくいが、やってみるより仕方がないだろう。その女事務員には、仕事が終わってから来てもらうことにしてある」

「それが、うまく行くといいが――」

矢部は、祈るような気持ちで、いった。

夕方になって、銀行の女事務員が、警視庁に出頭してきた。早速、鑑識課に保存されている多くの写真をもとに、モンタージュ写真の作成に、とりかかった。

写真が出来たのは、夜半になってからである。その一枚が、矢部の手もとにも、廻ってきた。頭の禿げかかった、四十年輩の男の顔が、写っていた。矢部にとって、初めて見る顔だった。

（この男が、犯人だろうか？）

もちろん、その疑問の前に、果たして、このモンタージュ写真が、本物に似ているかどうかという問題がある。

翌日、矢部は、その写真を、小池一郎と、安部義一の二人に見せた。しかし、二人とも、初めて見る顔だ、といった。

「あの日、この顔を、『リーベ』で見なかったかね？」

「いや、見ません」

二人は、あっさり否定した。やはり、解決の糸口は、見つからないのだ。

北川刑事は、同じ写真を、『シャノアール』に持って行って、マダムや、ホステス達に見せたが、結果は、同じだった。記憶にない顔だというのである。モンタージュ写真が、似ていないのか、犯人が、『シャノアール』に足を踏み入れなかったのか、矢部には、判断がつかなかった。わかったのは、解決の糸口が見つかったかにみえながら、それが、閉《と》ざされてしまったということだけだった。

モンタージュ写真は、新聞にも載り、テレビでも放送された。

だが、反応はなかった。

「やはり、似ていないのだ」

と、北川刑事は、いった。目撃者が一人の場合は、往々にして、失敗することが多いものである。目撃者が多ければ多いほど、正確なモンタージュ写真が出来る。当たり前の話だが、今度の場合は、失敗した例になりそうであった。

「写真のことよりも、僕には、犯人が、どうやって、トランクのことを知ったのか、それが不思議でならないんだ」

矢部は、腕を組んで、北川の顔を見た。

「それがわかれば、犯人が見つかるような気がするんだが――」

「あの連中の話が本当なら、犯人が、トランクのことを知ったのは、『リーベ』という喫茶店以外には考えられないわけだろう?」

「そうなんだ。だが、あの日、連中の話を盗み聞くことが出来たと思われる人間には、全部当たってみた。その結果は、君も知ってるとおり、完全な敗北だった。犯人が、浮かんで来ないんだ。なぜ、浮かんで来ないんだろうか?」

「確かに、不思議だな」

北川も、矢部にならって、腕を組み、首をひねった。

「どこかで、犯人は、トランクのことを知った筈なんだから、あの連中の動きを追っていく過程で、尻尾を見せなければならない筈だからね」

だが、いくら考えても、この問題の答は、見つからなかった。

16

事件は、迷宮入りの気配が濃くなってきた。

矢部は、焦った。首なし死体の身元がわかった時、この事件は、解決すると、確信したのだが、その確信が崩壊しかけている。

（もう少しのところまで行っているのだ）

と、矢部は思った。長い刑事生活からくる勘で、矢部は、そう確信した。解決に、もう少しで手の届くところまで、来ている筈なのだ。だが、一枚の壁が、矢部たちの前に、立ち塞《ふさ》がっている感じだった。問題は、その壁が、一体、何なのかということである。それがわかれば、この事件は、いっぺんに解決するに違いない。

矢部は、事件の解決は、はめ絵遊びに似ていると思う。理詰めに、一つ一つ埋めていけば、必ず、事件は解決するのだ。今度の事件が解決できないのは、肝心の、はめ絵の部分が、見つからないためなのだ。その一片が見つかれば、事件は解決する。

（それは、どこにあるのだろうか？）

いくら考えても、わからなかった。考え疲れて、矢部は、廊下に出た。

窓の外に眼をやった。街の気配は、もう初冬に近かった。

煙草を取り出して、火をつけた時、後ろから肩を叩かれた。ふり向くと、昔、一緒に働いたことのある麻生《あそう》という刑事が、笑っていた。

「いつ、大阪から出て来たんだ？」

「もう十日になる。君は、今、どこだ？」

「浅草署さ」

と、麻生は、いった。

「勝手が違って、まごついているところだ」

「ほう。どんな風に？」

「つまらん事件が多いからね。派手な事件は、ほとんどない。昨日は、旅館の親爺を、出歯亀で逮捕した」

「何だ？　それは――」

「温泉マークなんだがね。この親爺が、妙な趣味を持っているんだ。つまり、各部屋に隠しマイクを取りつけて、例の声を聞いては、悦に入っていたというわけさ。最近は、こういうのが多いらしい。アベック専門の喫茶店なんかでも、隠しマイクが取りつけてあるから、うっかりできん世の中さ。こんな時代になると、人間が、猟奇的になるのかもしれん。だから――」

麻生の言葉を聞いているうちに、矢部は、自分の頬が、熱くなってくるのを感じた。なぜ、こんなことに、気がつかなかったのだろうか？

「どうしたんだ？」

麻生が、驚いたように、矢部を見た。矢部は、相手に向かって、笑って見せた。

「君の話が、面白すぎて、聞きほれてしまったのさ」

「そんなに、面白かったかね？」

「ああ。面白くて、しかも、為になった」

矢部は、首をひねっている麻生を残して、廊下を駆け出していた。途中で、ぶつかった北川刑事の腕を摑むと、

「一緒に来てくれ」

と、怒鳴るように、いった。

「どこへ？」

「新宿だ。犯人を逮捕しに行く」

「犯人がわかったのか？」

「わかった。もっと早く、わかっていなければならなかったんだ」

矢部は、怒ったような声で、いった。

「学生たちが、トランクのことを、しゃべったのは、喫茶店の『リーベ』しかないんだ。だから犯人が、トランクのことを知ったのは、ここ以外の筈がない。だが、当日、店にいた客はシロとなれば、残るのは、店の人間だけだよ。もし、店の主人が、変な趣味を持っていて、店内のところどころに隠しマイクをつけておいて、それを楽しんでいたとしたら、そいつは、誰にも知られずに、トランクのことを知ることが、出来た筈なんだ。その他には、計画を知る方法も、人間も、いないわけだからね」

「だとすると、急がないと――」

北川刑事が、あわてた声で、いった。

二人は、新宿に、車を飛ばした。店の前までくると、五、六人の作業員が、店の取りこわしをやっていた。

二人は、中に飛び込んだ。安全帽をかぶって、作業員を指図している中年の男を摑まえて、

「どうしたんだ？」

と、矢部が、きいた。

「なぜ、こわすんだ？」

「こわすんじゃなくて、改装ですよ」

男は、矢部の見せた警察手帳に驚きながら、低い声で、いった。

「今度、持ち主の田浦《たうら》さんから、私が買いましてね。流行のゲームセンターにしようと思ってるんです」

「前の持ち主の田浦は、どこにいる？」

「今夜、新橋の料亭で、代金を渡すことになっていますが」

「時間は？」

「八時です」

「その時は、私も一緒に行く」

「田浦さんが、何かしたんですか？」

「殺人の容疑が、かかっている」

「殺人？」

男は、真っ青な顔になった。

店内を調べていた北川刑事が、戻って来て、

「あったよ」

と、矢部に、いった。

「床や、テーブルの下に、隠しマイクをつけてあった痕があったよ」

田浦徳三《たうらとくぞう》（四十七歳）は、その夜、新橋の料亭『コトブキ』で、矢部と北川の二人に逮捕された。

田浦は、金目当てに山下和枝に近づいたが、女が妊娠し、結婚を迫られたので、殺したと自供した。

山下和枝の首は、奥多摩の山中に埋めてあったのを発見された。

モンタージュ写真は、田浦徳三に、あまり似ていなかった。似ていたのは、頭の禿げかかっているところだけだった。

狙撃者の部屋

1

国鉄京都駅で降りる観光客の大部分が、北口（烏丸《からすま》口）を出て、タクシーやバスに乗って、市内へ散って行く。

京都駅自体が、市の南の端にあり、観光名所の大部分が、駅の北側に拡がっているからである。

駅の南側には、住宅地もあるのだが、名所、旧蹟の少ないせいだろうか、寂しく、活気がない。こんないい方が適当かどうかわからないが、駅の南側は、忘れられた地区に近かった。

地名でいえば、南区である。賑やかな北側地区に、もう、余分な土地がなくなったためか、最近になって、南区にも、一つ、二つと、ホテルが建ち始めた。

八階建て、客室七〇六の「ニュー・古都ホテル」も、その一つだった。

京都駅でおりて、南口（八条口）から出ると、通りをへだててすぐの近さだから、利用者も、かなりあった。

四月十六日の午後二時頃、四十二、三歳の男が、このホテルにチェック・インした。

三日前に、東京から電話予約した客である。

一年前、このホテルができた頃、家内と泊まって楽しかったから、できれば、そのときと同じ四二六号室に泊まりたいということだった。

幸い、そのツイン・ルームが空いていたので、十六日から十八日までの三日間が、リザーブされた。

中肉中背で、目立たない男というのが、フロントの第一印象だった。うすいサングラスをかけていたが、最近は、サングラスをかけて、ホテルに入って来る客も多い。

男は、黙って、宿泊カードに、名前や住所を記入した。ツイン・ルームを予約したので、フロントは、

「お連れさまは、あとからお着きですか?」

と、きいた。

「明日、来るはずだ」

と、男は、いった。

ボーイが、男のスーツケースを持って、部屋に案内したが、そのスーツケースが、

意外に重いのに、若いボーイは、ちょっと驚いた。

四二六号室に案内すると、男は、千円のチップをくれた。

次に、この男の姿が見られたのは、ホテルの八階にあるレストラン「さがの」である。

ここは、京都で有名な京料理の支店で、かなり高い。

男は、七時頃、この店にやって来て、ビールを二本飲み、七千円の天ぷら料理を食べた。店の人たちが、男のことを何となく覚えていたのは、この日、客が少なかったのと、終始、サングラスを外さなかったからである。

このホテルでは、原則として、滞在中は、部屋のカギは、携行していることになっていて、外出するときも、フロントに預けないことになっていた。

だから、男が、その夜、外出したかどうか、フロントは、知らなかった。

翌日の十七日。

ホテルの客室係は、午前十時頃から、部屋の掃除を始める。四二六号室には、「起こさないでください（Don't disturb）」の札がかかっていたので、客室係の女性たちは、他の部屋から始めていった。

昼頃になっても、四二六号室のドアには、同じ札がぶら下がったままだった。

一時過ぎになって、客室係は、四二六号室に、電話を入れた。別に、客のことが、心配になったからではなかった。客の中には、観光都市の京都に来ていながら、一日中、部屋に寝ている人もいたからである。だから、客室係が電話したのは、いつ部屋を掃除したらいいか、きくためだった。

いくらダイヤルを廻しても、応答がないので、客室係は、外出しているのだと思った。

「起こさないでください」の札をかけたまま、外出するというのは、変わってはいるが、ないわけではなかった。部屋を見られるのが嫌な客の中には、まま、あるからである。

客室係の女性は、一応、フロントに報告しただけで、そのままにしてしまった。

その日の午後七時になって、東京からフロントに電話が入り、女の声で、

「そちらに泊まっている中西《なかにし》を呼んでください」

と、いった。

「中西正巳《まさみ》さんですか？」

　フロントは、宿泊カードを見ながら、きいた。中西という宿泊客が、他にもいたからである。

「ええ。すぐ、電話を廻してくださらない」

　女は、せっかちにいった。

　フロントは、四二六号室を呼んでみた。が、いぜんとして、客の出る気配はなかった。

「お留守のようですが」

「おかしいわね。七時に電話してくれといってたのよ。心配だから、見て来てくださらない？」

「しかし、電話しても、お出にならないので、外出していらっしゃるのだと思いますが」

「彼は、高血圧の持病があるの。だから、心配なのよ。本当に外出しているのなら安心なんだけど、とにかく、ちょっと見てくださらないかしら」

　女は、しつこくいった。

　フロントは、それに負けた感じで、マスターキーを持って、エレベーターに乗った。

前に一度、宿泊客が一人、心臓麻痺を起こして、危うく、一命を落とすところで助かったことがあったからでもある。

四二六号室には、まだ、「起こさないでください」の札が、かかっていた。

フロント係が、念のために、呼鈴を押そうとして、手を伸ばしかけたときである。

突然、

「助けてくれ！」

と、叫ぶ、男の声が、部屋の中から聞こえた。

フロント係は、あわてて、ドアを、激しく叩き、「お客さん！　お客さん！」と、叫んだ。

しかし、部屋の中からは、もう、何の声も聞こえて来なかった。

フロント係は、顔を蒼くして、マスターキーを差し込み、ドアを開けると、部屋の中に飛び込んだ。

最初に、彼の眼に飛び込んで来たのは、床に倒れている男の姿だった。ワイシャツ姿のままだった。

フロント係は、「大丈夫ですか？」と、いいながら、倒れている男を抱き起こした。

だが、男の顔は、すでに、土色に変わっていて、返事はなかった。

2

まず、救急車が来た。

二人の救急隊員は、男の脈をみ、次に、心臓に耳をあててみたが、どちらも止まってしまっていた。それでも、近くの病院に運ばれたが、医者は、あっさりと、首を横に振った。

次に、京都府警の二人の刑事が、ホテルにやって来た。

三十五歳の有田《ありた》刑事は、眠たげに眼をしばたたかせていた。彼のちょっとした浮気から、妻の君子との間に別れ話が持ちあがり、夜明け近くまで、ごたごたしていたからだった。

その点、若い、独身の矢代《やしろ》刑事のほうは、やたらに張り切っている。

二人は、フロント係に案内されて、四二六号室に入った。

「死因は、もうわかったのかね?」

有田は、ツイン・ルームを見廻しながら、フロント係にきいた。

「病院からの連絡では、心臓麻痺じゃないかということでした」

というフロント係の返事に、矢代は、

「病死じゃあ、仕方がありませんね」

と、いう。

「事件じゃなければ、結構な話じゃないか」

有田は、怒ったようにいい、指先で、眼をこすった。

今日、早く帰れたら、もう一度、妻と話し合ってみようと思っていた。君子も、有田も、別れずにすめばと考えている。問題は、有田が誠意を見せることで、傷ついた妻の心を、どれだけ癒やせるかということだが、事件に追われていては、それができない。

有田は、窓が開いているのに気がついた。

「窓は、君が入ったときに、開いていたのかい？」

と、フロント係にきいた。

「ええ。開いていました」

「エア・コンディショニングが利《き》いているから、窓を開ける客というのは、あまりいないんじゃないの？」

「ええ。めったにいませんが、やはり、外の空気がいいといって、窓を開ける方もおります」

「ベランダがないから、危険は危険だね」

「でも、火事なんかのときは、開かないと、かえって危険ですし――」

有田と、フロント係が、そんな話をしている間に、矢代は、部屋の隅に置かれたスーツケースを手にして、

「重いなあ、こいつは」

と、大きな声を出した。

「お持ちしたボーイも、重いので、びっくりしたと、いっておりましたが」

フロント係がいった。

「開くのかな？」

矢代は、興味を感じた様子で、スーツケースを横にして、ふたを開けた。

化粧道具や、着替えの下着などを、引っかき廻していた矢代が、急に、

「有田さん、面白いものが入っていますよ」

と、呼んだ。

道路をへだてて、横に長く伸びて見える京都の新幹線ホームを眺めていた有田は、

「面白いもの？」

と、振り返った。

矢代は、五十センチほどの細長い袋を、眼の高さまで持ち上げて、有田に、

「この中に、何が入っているかわかりますか？」

「いや」

「砂が一杯、詰まっているんです。だから、このスーツケースが重かったんですよ」

矢代は、袋の口をこじ開け、テーブルの上で、逆さにしてみせた。彼のいうとおり、砂がこぼれ落ち、たちまち、テーブルの上が、砂の山になった。

「ただの砂かね？」

「砂金じゃあないようです」

「その布袋は、靴下みたいだな？」

「スキーのソックスです。あと四本ありますよ。それにも、砂が詰まっています」

矢代は、スーツケースの中から、同じような袋を取り出して、テーブルの上に並べた。

有田は眼をこすって、じっと、砂袋を見つめた。彼の頭から、妻のことや、夫婦喧嘩のことが、次第に追い払われていき、奇妙な砂袋に、興味が集中してきた。刑事の眼になってきた。

有田は、砂の詰まった靴下を手に取った。かなりの重さだった。そのあと、テーブルの上にこぼれている砂を、掌ですくってみた。指と指の間から、さらさらと、砂が流れ落ちていく。

「なぜ、こんなものを、スーツケースに入れていたんだろう？」

「小説で読んだんですが――」

若い矢代は、ちょっと照れ臭そうな、ちょっと得意げな、そんな眼で、有田を見た。

「何だい？」

「ある男が、靴下に砂を詰めて、それを凶器にして、ぶん殴って人殺しをするんです」

「そのあとで、砂を捨てれば、凶器は消えてしまうってことか？」

「有田さんも、あの小説をお読みになったんですか」

「読まなくても、そのくらいのことはわかるよ」

有田は、ニコリともしないでいった。

「どうでしょうか？」

「違うな」

「なぜですか？」

「凶器のつもりなら、五本も要らんだろう。それに、ここへ来たときは、もう靴下に砂を詰めてあったんだ。ボーイが、そのスーツケースを提げたとき、ひどく重かったといっているからな。靴下に砂を詰めて、それを、気の利いた凶器にするつもりなら、わざわざ、重くして、持ち運ぶことはないだろう。使うときに、砂を詰めればいいんだ」

「確かに、そのとおりですが、それなら、何のために、こんなものをスーツケースに入れていたんでしょう？」

矢代は、挑戦的な眼になって、有田にきいた。凶器ではないかという発想に、自信を持っていたらしく、簡単に否定されたので、この若い刑事は、不満のようだった。

「おれにも、わからないよ」

と、有田は、ぶっきらぼうにいってから、部屋の入口で見守っているフロント係に、

「家族には、知らせたのかね？」

「お知らせしようと思いまして、宿泊カードの電話番号に電話してみたんですが
――」

「でたらめだったのかい？」

「はい」

「そういうことは、よくあるのかね？」

「時たまございます」

「女から、電話があったそうだね？」

「はい。若い女性の方の声で、七時に連絡してくれと言われたのに、応答がないのは心配だということでした。何でも、高血圧気味だから心配している。ちょっと見て来てくれないかといわれまして」

「それで、見に来て、死んでいるのを発見したというわけかね？」

「いえ。この部屋の前まで来たら、中から、助けてくれという叫び声がしたので、あ

わてて、マスターキーを使って入ったところ、お客さまが倒れていらっしゃったんです」

「叫び声がね」

「殺しじゃありませんか？」

矢代が、眼を光らせて、有田を見た。

「助けてくれと叫んでいたからかい？」

「ええ」

「急に苦しくなっても、助けてくれと叫ぶんじゃないかな。客の名前は？」

「中西正巳さんとおっしゃいます」

フロント係は、手を伸ばして、有田に、宿泊カードを渡した。

住所は、東京の中野区になっている。が、電話番号がでたらめだとすれば、ここに書かれた住所や名前も、信用がおけそうにない。

「客は、ワイシャツ姿で倒れていたといったね？」

「そうです」

「すると、上着は、衣裳ダンスかな」

有田がいうと、矢代が、さっと、衣裳ダンスを開けて、チェックの上着を取り出した。

ポケットを探って、財布や、煙草ケースなどを取り出していたが、急に、おやっという顔になって、ふくらんだ左ポケットから見つけ出したのは、小型の双眼鏡だった。

3

小型だが、精巧で、倍率の高い双眼鏡だった。「この客は、盗み見の癖でもあったんでしょうか？」

矢代が、そんなことをいっている。有田は、黙って、開いた窓から、双眼鏡を使って、外の景色を見廻してみた。

七、八十メートル離れた京都駅が、急に、眼の前に迫ってきた。

新幹線ホームで、列車の到着を待っている人々の顔も、はっきり読み取ることができる。

ちょうど、京都駅ビルの三階に設けられた新幹線ホームが、このホテルの四階と、同じ高さなのに、有田は、気がついた。

下りの「ひかり」が、ホームに入って来た。

ホームの照明が明るい。グリーン車のマークも、はっきり見える。

「身分証明書が入っていたかね？」

有田は、京都駅に眼を向けたままきいた。

「財布には、十六万円ばかり入っています。それから、手帳がありました。安物の手帳です。何にも書いてありませんね。いや、何か数字が書き並べてあります。読みますか？」

「読んでくれ」

「一八二九。一八四一。一八五三。一九〇五。一九一七。一九二九。一九四一。一九五三。何かの時間表みたいですが？」

「多分、新幹線の時刻表だ。ひかりが、京都に着く時刻が書いてあるんだろう」

「なるほど。すぐ、調べてみます」

矢代は、フロント係に、時刻表を持って来させると、新幹線の頁を拡げて眼を走らせていたが、

「有田さんのいうとおりです。新幹線の時刻表です」

「それも、下りの時刻表じゃないか？」

「よくわかりますね？　そのとおりなんです。下りのひかりが、京都駅に着く時刻です」

「ここへ来てみたまえ」

と、有田は、矢代を窓際に呼んだ。

矢代は、「へえ」という眼になって、

「新幹線ホームが、真正面に見えるんですね」

「それも、近いほうが下り線ホームだ」

「まるで、ガラスの水槽の中に、人間がいるみたいに見えますね」

「水槽の中とは、うまいことをいうね」

有田は、微笑した。

新幹線ホームには、高さ二メートルほどのガラスが一面に張りつけてある。淡い色が入っているのか、ホームにいる乗客が、ガラス越しに見るせいか、矢代のいうように、水槽の中にいるような感じがする。

だが、有田の顔に浮かんだ微笑は、すぐ消えてしまった。

「客は、特にこの部屋を希望したのかね？」

と、フロント係にきいたとき、有田の眼は、険しくさえなっていた。

「一年前に奥さんと泊まった部屋にして欲しいと、この四二六号室を希望なさったんですが」

フロント係は、終始、当惑した表情を崩さなかった。このホテルでは、オープンしてすぐ、泊まり客の中から自殺者が出て、それが週刊誌に書き立てられたことがあった。今度も、どうなるのだろうかと、それが、心配だったらしい。

「どう思うね？」

有田は、もう一度、京都駅に眼を走らせながら、矢代にきいた。

「まさかとは思いますが――」

「まさかか」

有田の眼に、また、下りのひかりが、黄色いライトをきらめかせながら、駅ホームに入って来るのが見えた。

4

京都府警本部に戻った有田は、上司の井上警部に、事件の概要を説明した。

井上は、じっと、聞いていたが、

「それで、君はどう思うんだ？　君も、まさかと思っているのかね？」

「例の砂を詰めた靴下ですが、五本分の目方を測って貰いました」

と、有田はいった。

「何か意味があるのかね？」

「一本八五九グラムでした」

「それが、何か意味があるわけかい？」

「五本でアメリカの有名な狙撃銃とほぼ同じ重量です。しかも、その銃は、分解可能で、男の持っていたスーツケースに十分入ります」

「すると君は、こう考えるのかね」と、井上は、緊張した顔になった。

「死んだ男は、眼の前に拡がる京都駅の新幹線ホームの誰かを狙撃するために、ニュー・古都ホテルの四二六号室に泊まったと」

「高さが同じですし、距離は、七、八十メートルしかありません。それに、ホームに張りつめられたガラスも、別に防弾ガラスではありませんから、スコープを使って、十分に狙撃可能だと思います」

「しかしねえ。スーツケースの中に入っていたのは、銃ではなくて、砂の詰まった靴下五本だったし、もし、君のいうとおりなら、狙撃する相手の顔写真を持っていなければおかしいんじゃないかね？」

「男は、フロントにきかれて、連れが、あとから来るといっています。その連れが、銃を運んで来る予定だったのかもしれません。狙撃する前に、職務質問なんかで、銃を発見されたりしてはいけないというので、狙撃する寸前に、男に渡す手はずになっていたということも、十分に考えられます」

「銃の代わりに、同じ重さの砂を入れておいた理由は？」

「理由は、いくつか考えられます。狙撃したあとは、男が、銃をスーツケースに入れて立ち去ることになっているとすれば、スーツケースが、急に重くなっては、怪しまれます。といって、かさばる物を入れておいたのでは、それを捨てて立ち去らなければなりません。そこで、砂を利用したのかもしれません。もう一つの考え方は、こうです。狙撃者というのは、緻密で、神経質なものです。銃を持っていないときでも、それを入れたと同じ重さのスーツケースを持っていないと、不安なのかも知れません」

「標的の写真がなかったのは？　それも、あとから、連れが持って来ることになっていたと思うのかね？」

「いや、そうは思いません。写真一枚ぐらい持っていても邪魔にはなりませんし、警察に逮捕されることもありませんから。ですから、標的が、男のよく知っている人間か、あるいは、誰でも顔を知っている有名人ではないかと思うのです」

「その男が、仕事をする前に、心臓発作を起こして、急死してしまったというわけだね」

「そう考えれば、別の人間が代わりにやって来ることも十分に考えられます。それに

――」

「それに何だね？」

「ひょっとすると、あの男は、殺されたのかもしれません」

「しかし、有田君。医者は、心臓麻痺だといったんだろう？」

「らしいといっただけで、正確なことは、解剖の結果を待たなければわかりません」

「それはそうだがね」

「もう一つ。フロント係は、部屋の外で、助けてくれと叫ぶ声を聞いたといっています。心臓麻痺で死んだ人間が、そんな大声をあげられるとは思えないのです」

「それは、そうだが、殺しとすると、どういうことになるのかね？」

「わかりませんが、とにかく、死んだ男の身元が、カギだと思います」

「東京の中西正巳というのは、偽名だと思うわけかい？」

「十中、八九、偽名と思います」

「だとなると、警察庁に指紋の照会をする必要があるな」

「その件は、お願いします」

「いいよ。ところで、さっき、君の奥さんから電話があったよ。奥さんにしたら、思い余って、私に電話して来たんだと思う。すぐ、奥さんに電話したまえ」

「申しわけありません」

「別に、君が謝ることはないよ。奥さんを大事にしたまえ」

「ありがとうございます」

有田は、頭を下げて、部屋に戻った。妻の君子が、上司にまで電話して来ることは、それだけ彼女が苦しんでいるのだろうと思う反面、夫婦の間のもめごとを、男の仕事場まで持ち込んだことに、腹を立ててもいた。

それでも、自分の机に戻ると、君子に電話するつもりで手を伸ばしたとき、矢代が、勢い込んで、飛び込んで来た。

「妙なことになって来ました」

「何がだい？」

有田は、受話器に伸ばしかけた手を止めて、矢代を見た。

「例の男の死体ですが、解剖のために、大学病院に運んでおきました。そこの医者が、妙なことをいっているんです」

「解剖は、まだなんだろう？」

「それは、まだですが、首筋に、注射の痕があるといっていました。針で刺した痕があるというんです。もし、毒でも注射されたんだとすると、病死でなくて、殺人《ころし》ということになります」

「そうか」

「驚かれないんですか？」

矢代が、拍子抜けした顔できくのへ、有田は、微笑して、

「ひょっとすると、殺された可能性もあるとは、考えていたんだ」

「これから、どうします？」

「死因は解剖待ちだし、指紋の照合も、すぐには結果が出ないだろう。これから、京都駅に行ってみようじゃないか」

「何をされるんですか？」

「あの男の標的が何だったか、調べてみたいんだ」

「わかりますか？　まだ、男の正体もはっきりしないのに」

「男は、下りのひかりの時刻を、手帳に書き留めていた。それも、午後七時前後に集中している。男は東京から来たらしいから、もし、帰りの列車の時刻を書いたのなら、上りでなければおかしいんだ。また、彼は、午後二時頃に、ホテルに入っているから、自分の着く予定時刻を書いておいたわけでもない」

「狙う標的が乗る列車というわけですか？」

「あるいは、降りる列車かだろう。それを調べてみようじゃないか」

有田は、矢代を促して、国鉄京都駅に出かけた。

駅長に会うと、単刀直入に、

「ここ二、三日中に、午後七時前後の下りひかりで、有名人が京都に着くか、京都から出発するかという予定は、ありませんか？」

と、きいてみた。

駅長は、駅長室の黒板に書かれた予定表に眼をやりながら、

「先週、スウェーデンの皇太子ご夫妻が、東京から、ひかりでお見えになって、また、博多へ行かれましたが、今週は、これはという方は、いらっしゃいませんね」

「全くありませんか？」

「明後日から、国際会議場で、世界衛生会議が開かれますので、世界の偉い学者の方が、京都に集まって来ます。しかし、誰が何時に着くかというのは、わかりませんね」

「世界の学者ですか」

違うなという気がした。

どんな有名な学者でも、顔はあまり知られていないものだ。もし、学者の一人を狙っていたのなら、その顔写真を持っていなければおかしいのだ。

「有名人も、よく、京都には来るでしょうね？」

「ここには、撮影所がありますから、有名なタレントの方が、よくお見えになりますね。しかし、いつ来るかということは、こちらではわかりませんな。別に、駅長が迎えに出るわけじゃありませんから」

駅長は、小さく笑った。

（そうだったな）

と、有田は、思った。ここでわかるのは、主に、政治的有名人なのだ。

有田は、礼をいい、矢代と駅長室を出ると、新幹線ホームに足を運んだ。

あのホテルが、当然のことながら、真正面に見えた。

壁面が、素通しのガラスになっているので、自分が、むき出しになっている感じがする。誰が狙われているのかわからないが、その人間は、このホームに立ったら、無防備に等しいだろう。

「これからどうしますか？」

と、矢代がきいた。

「府警本部に帰ったら、スポーツ新聞に、片っ端から電話してみてくれ。有名なタレントの消息をきくんだ。それにプロ選手のもだ」

「近日中に、京都に来るかどうかですね？」

「顔をよく知られている人間となると、まず考えられるのは、タレントやスポーツ選手だからね」

と、有田は、矢代に頼んでおいて、いったん、家に帰ってみた。

家の中は、がらんとしていて、君子の姿はなかった。台所に入ってみると、テーブルの上に、置手紙がしてあった。

〈電話を下さらないのは、もう私を愛していらっしゃらないのでしょうか？しばらく、実家に帰っております〉

有田は、ぶぜんとした顔になって、水道の蛇口に口をつけて、水を飲んだ。

電話が鳴った。君子が、かけて来たのかなと思って、あわてて受話器を取ると、相手は、矢代だった。

相変わらず、張り切った声の調子で、

「有田さんは、広野健太郎《ひろのけんたろう》をご存じですか？」

「おれだって、広野健太郎ぐらいは、知っているよ」

「その広野は、今、太秦《うずまさ》の撮影所で、時代劇を撮っていたんですが、明日の夕方のひかりで、博多へ行くそうです。博多の劇場での公演が、明後日からあるらしくて。広野健太郎以外には、ちょっと、該当者は、見当たりません」

「とにかく、帰るよ」

と、有田は、いった。

広野健太郎は、三十代のタレントだった。

男の色気を感じさせるタレントということで、ここ二、三年の間に、めきめき売り出して来て、歌手としても、人気があった。

まだ、確か独身で、女性関係の噂のたえないプレイボーイでもある。

死んだ男が、狙ったのは、広野健太郎なのだろうか？

5

その夜、おそくなってから、いくつかのことが判明した。

第一は、大学病院における解剖結果だった。

死因は、有田が予想したとおり、単なる心臓麻痺ではなく、クラレー系の毒薬による麻痺だという。針に、その毒を塗っておき、背後から、首筋に刺したのだろうというのが、医者の所見であった。

死亡推定時刻は、午後七時前後、ホテルのフロント係は、七時八分頃、部屋の前で、「助けてくれ」という男の悲鳴を聞いているから、その直前に、刺されたと考えていいだろうと、有田は、思った。

第二は、警察庁に照会した指紋の答えが出たことだった。

前科者カードにのっていたのである。名前は、中島保之《なかじまやすゆき》。四十二歳。十二年前に傷害事件を起こし、一年間の刑務所生活を送っていた。

中西正巳というのは、やはり偽名だったのだが、どうしても、本名に似た名前になってしまうらしい。

二十代のとき、陸上自衛隊に入り、射撃で優秀な成績を残した。

現在、中島は、従業員六十七人の建設会社の社長で、狩猟を趣味とし、内外の猟銃を集めている。

三年前に、十二年間連れ添った妻と離婚し、去年、九歳年下の由紀子と再婚した。

これが、中島保之の大ざっぱな経歴だった。

有田は、受話器を取りあげると、東京の中島宅のダイヤルを廻した。

女の声が、電話口に出た。

「由紀子さんですか？」

と、有田は、きいた。

「はい」

「こちらは、京都府警本部の有田といいます」

「京都というと、あの人に、何かあったんでしょうか？」

「お気の毒ですが、亡くなられました」

「――」

「もしもし。大丈夫ですか？」

「ええ。すぐ、そちらへ行きます」

「今日の七時頃、ニュー・古都ホテルに電話なさったのは、奥さんですか？」

「はい」

「なぜ、中西正巳という偽名を使っていたのかわかりますか？　奥さんも、フロントに、中西を呼んで欲しいといわれましたね？」

「ええ。中西正巳というのは、実は、うちの従業員の名前なんです。主人は、旅行するとき、なぜか、本名で泊まるのを嫌って、その人の名前を使うんです」

「なるほど」

「あの電話が、変なふうになってしまったので、心配していたんですけど。主人は、なぜ、死んだんでしょうか？」

「殺されたのです」

「え？」

「何か心当たりはありませんか？」

「そんなものありませんわ。何にもありません」

「今度の京都は、ご主人は、何の用で来られたんですか？」

「主人は、仕事のことは、何も話してくれないんです。だから、何の用で行ったかわかりません。ちょっと京都まで行ってくるといって出かけて、ホテルに着いた、明日から毎日、午後七時に電話をくれというだけなんです。いつものことだから、私は慣れていますけど」

「毎日というのは、十七、十八の二日間ということですね？　二泊三日の予定でしたから」

「ええ」

「なぜ、午後七時に電話してくれと、ご主人は、いったんでしょうね？」

「わかりませんわ。主人は、いちいち、説明しない人でしたから。ただ、七時頃に、何か大事な用があったんじゃないでしょうか。ときどき、旅先から、何時に電話で起こしてくれとかいってくることがありましたから」

「なるほど。ところで、広野健太郎を知っていますか？」

「ええ。有名なタレントさんですもの。私もファンですけど？」

「いや、個人的にお知り合いじゃないかと思いましてね。違いますか？」

「私は、芸能界とは、ぜんぜん関係がありませんから」

「ご主人は、いかがでしたか？」

「さあ、主人から広野健太郎の名前は、聞いたことはありませんけど。私は、どこへ行けば、主人の遺体に会えるんでしょうか？」

「とにかく、京都府警本部へ来てください」

と、有田はいった。

6

翌朝まで、有田は、府警本部で仮眠をとった。

妻の実家は、大津にある。そこへ、電話をかけなければいけないと思いながら、有田は、かけそびれたままに眠ってしまった。それだけ、疲れ切っていたのだろう。

矢代に起こされて、有田は、仮眠室で眼をさました。

「中島保之の奥さんが見えています」

と、矢代がいった。

「今、何時だね？」

「九時を廻ったところです。奥さんは、六時始発のひかりで、来られたそうですよ」

「どんな女だね？」

有田は、眼をこすりながらきいた。

「なかなか色っぽい女性です。今、井上警部が、相手をされています」

「そうか」

有田は、洗面所で顔を洗ってから、捜査本部になった大部屋へ顔を出した。

「仏さんの奥さんが見えたそうですが？」

と、井上にきくと、

「一刻も早く、遺体と対面したいというので、鈴木刑事と一緒に、大学病院へ行って貰ったよ」

「なかなかの美人らしいですね？」

「ああ、若くて美人だが、ご主人のことは、全く知らんようだね。九歳も年齢《とし》が違う後妻だから無理もないが、ご主人の仕事のことには、全く関心がないらしい」

「それは、昨日も、電話でいっていましたね。前科のことも知らなかったんじゃありませんか？」

「そうらしい。ご主人が、猟銃を集めていることは知っていたが、彼女は、ぜんぜん興味がなかったといっている」

「広野健太郎のほうは、どうなりました？」

「狙撃の標的だったんじゃないかというのは、今のところ、われわれの推測の域を出ないわけだが、一応は、彼のマネージャーに注意だけはしておいたよ」

「向こうは、何といっていました？」

「広野健太郎というのは、人気もあるが、敵も多い男のようだね。マネージャーは、やたらに、われわれが、何かつかんでいると思って、知りたがっていたよ。揚句には、何人もの名前を向こうがあげてね。この中の誰が、広野を狙っているんですかと、きいていたよ。スケジュールが詰まっているので、今日、午後七時の移動は動かせないが、大阪まで、車を飛ばすそうだ」

と、井上は、笑ってから、すぐ、いつもの生真面目な眼つきになって、

「君は、どう思うね？」

「中島保之が、本当に、広野健太郎を狙っていたのかどうかということですね？」

「そうだ。新幹線に乗る広野健太郎を狙撃するために、ニュー・古都ホテルの四二六号室に泊まったというのは、考え方としては面白いが、証拠でもないと、説得力に乏しいんでね」

「確かにそうですが、状況は、すべて、われわれの推理が正しいことを示していると思うのです。あの部屋は新幹線ホームと同じ高さだし、しかも、下りのグリーン車と向かい合っています。スーツケースの中に入っていた砂は、狙撃銃を連想させます。また、精巧な双眼鏡を持っていたり、部屋の窓が開いていたのは、標的である下りひかりを果たして、うまく狙えるかどうか、調べていたんだと思うのです。もう一つ、彼は、京都から西へ行く予定もないのに、午後七時前後の下りひかりの京都到着の時刻を、手帳に書き留めていました。これも、彼が、狙撃者だと考えると、納得が行くわけです。また、彼は、自衛隊時代に、射撃に優秀な成績を残していますし、現在は、銃の収集をしています」

「つまり、建設会社の仮面の下で、殺し屋をやっていたということになるんだが、それなら、なぜ、殺されたんだろう？」

「わかりませんが、理由は、いろいろ考えられます。彼が、契約を破ったのかもしれませんし、誰かに、憎まれていたのかもしれません」

「君に、東京へ行って貰おう。中島保之という人間を、徹底的に調べてみてくれ」

と、井上はいった。

有田は、東京警視庁に協力を求める電話をかけたあと、妻の実家にも、電話を入れてみた。

義母が電話に出たが、妻の君子は、もう、京都に戻ったという。

半信半疑で、自宅のダイヤルを廻すと、君子が出た。

「いたんだね」

「ええ」

「じゃあ、もう許してくれたんだね？」

「いいえ、あなたの浮気は、まだ許せないわ」

「でも、家に帰ってくれているじゃないか」

「あなたが、新しい事件を担当したと知ったから、帰って来たの」

「やっぱり、僕の仕事を理解してくれているんだね。嬉しいよ」

と、有田が、嬉しくなっていうと、君子は、

「違うわ。あなたが、あの女と、また会ってるんじゃないかと思うと、いたたまれなくて実家に帰ったのよ。電話もくれないし――」

「あの女とは、もう切れてるよ」

「どうして、それが信じられるの」

「でも、帰って来てくれたじゃないか?」

「新しい事件が起きれば、その事件を追いかけている間は、あの女に会えないでしょう。だから安心していられるから、帰って来たのよ」

「単純なんだな」

「そうよ。女の気持ちなんて、単純なものなのよ。だから、悲しませないで頂戴」

「これから、仕事で東京へ行ってくる。向こうへ着いたら電話するよ」

「行く場所がわかっていれば安心なの」

と君子は、電話の向こうでいった。

7

その日の午後、有田が、東京駅に着くと、警視庁の亀井刑事が、迎えに来てくれていた。

有田より五、六歳年上に見える亀井は、名刺を交換したあと、

「面白そうな事件ですな」

「現実離れした考えだと思いますか？」

「いや、そうは思いませんよ。今の時代は、どんなことでも可能ですからね。一カ月前に、東京でも、殺し屋が捕まりました」

と、亀井は、微笑してから、

「すぐ、中島保之の建設会社へ行きましょう」

待たせてある車へ案内した。

中島工務店は、新宿にあった。

社長の中島が死んだということで、店の中は、ざわついていた。

そんな空気の中で、有田たちは、社員の何人かに会って、中島のことをきいてみた。建設会社としての仕事のほうは、うまくいっていたようだった。帳簿を見ても、それを裏付けられた。

「社長は、旅行が好きで、よく出かけてましたよ」

と、何人かがいったが、その中の一人が、興味のあることを口にした。

仙台へ行く社長の中島を、上野駅へ見送ったのだが、そのとき、持たされたスーツケースが、異常に重かったという。

「それで、社長に、いったい何が入っているんですかと、きいてみました」

「それで、中島さんは、何と答えました？」

「黙って、ニヤニヤ笑っていましたね。意味深な笑いというやつですよ」

そのとき、スーツケースの中には、今度と同じように、砂を詰めた靴下が入っていたのだろうか？　それとも、本物の銃が入っていたのだろうか？

広い社長室には、特別に作らせたらしい戸棚があって、そこには、手入れの行き届いた猟銃が五挺、ずらりと並んでいた。

有田は、一挺ずつ、手に取ってみていたが、失望の色になって、

「ありませんね」

「狙撃銃ですか？」

「ええ。彼がもし、殺し屋だとして、銃を持っているとしたら、アメリカ製のＭ４という銃だと思うんです。あれは、軽いし、素人にも簡単に分解できますから、持ち運びに便利です」

「なるほど、Ｍ４ライフルですか」

「スコープ付きなら、ニュー・古都ホテルから、十分に、京都駅の新幹線ホームを狙えると思うんです」

「自宅に置いてあるのかな」

「いや。ライフルは、所持するのを禁止されていますから、自宅に置いてあるとは思えないんですが」

「すると、何処に置いてあると？」

「分解して、銀行の貸金庫かな。いや、これも危険ですね。中島に、奥さん以外に女がいれば、その女のところへ預けておいたかもしれません」

二人の刑事は、もう一度、社員の一人一人に当たってみた。

最初は、社長のプライバシーに触れたがらなかったが、そのうちに、ぽろりと、後《ご》藤《とう》冴《さえ》子《こ》という名前が飛び出した。

半年前まで、社長秘書をやっていた二十四歳の女だという。

有田と亀井は、すぐ中野駅近くにあるマンションに、後藤冴子を訪ねてみた。

冴子は、留守だった。

二人は、管理人の立ち会いの下で、２ＬＤＫの彼女の部屋に入ってみた。

三面鏡の前には、後藤冴子と、中島保之が水着姿で並んでいる写真が飾ってあった。

若い冴子のほうはビキニの水着が、スレンダーな体によく似合っていたが、中年の中島のほうは、精一杯、腹をへっこませて、ポーズをつくっていても、やはり、ぽこんと、お腹が出ている。

「中年は、辛いですね」

と、亀井が、その写真を見て笑った。

有田は、押入れを探した。

布団や、ストーブも引きずり出して、その奥も調べた。

「あった！」

と、有田が叫んだのは、黒いスーツケースを引き出して、開けたときだった。

その中に、スコープ付きのＭ４ライフルが、二つに分解して入っていたからだった。

「ありましたね」

と、亀井もいってくれた。

「恐らく、後藤冴子が、あとから、このＭ４ライフルを持って行くことになっていたんだと思います。女のほうが、疑われませんからね」

「われわれが、この銃の入手経路を調べてみましょう。それに、後藤冴子の行方もです」

「お願いします」

と、有田はいい、台所から、ネジ廻しを見つけてきて、Ｍ４ライフルを組み立て、スコープを装置した。

それを両手に持って、構えてみた。

手になじむ、いい銃だと思った。窓を開け、七、八十メートル先の道路を歩いている人間に、スコープの照準を合わせてみた。

その人間の上半身が、くっきりと、スコープの中に浮かび上がってくる。

これなら、あのホテルから、京都駅の新幹線ホームに狙いをつけ、人間を楽に殺せそうだ。

有田は、大きな収穫を持って、いったん、京都へ帰った。

中島由紀子は、夫の遺体を、京都で、荼毘《だび》に付して、遺骨を持ち帰るということで、まだ、京都に残っていた。

「建設会社の社長が、実は、殺し屋だったというわけか」

井上は、さすがに、ぶぜんとした顔になって、有田にいった。

「奥さんは、どこに泊まっているんですか？」

「ステーションホテルだ」

「ニュー・古都ホテルじゃないんですか？」

「私も、あのホテルに泊まるんじゃないかと思ったんだが、夫が殺されたところは、気持ちが悪いそうだ」

「そんなものですか」

今度は、有田が、ぶぜんとした顔になった。

翌日の午後、東京の亀井刑事から、有田に、電話が入った。

「二つ、お知らせすることがあります」

と、亀井がいった。

「一つは、M4ライフルの入手経路のことです。この銃は、暴力団関係には、あまり渡っていないので、米軍キャンプを重点的に調べてみました」

「わかったんですか？」

「沖縄の米軍基地内で、一挺盗まれているのがわかりました。向こうさんは、銃の管理があまり厳しくありませんからね。盗んだと思われる兵隊は、すでに本国へ帰ってしまっていますが、その同僚の話では、盗んだM4ライフルは、日本人に、二千ドルで売ったらしいということです」

「その日本人が、中島保之ということですか？」

「可能性は、大いにありますね」

と、亀井は、いってから、

「もう一つは、後藤冴子のことなんですが」

「見つかったんですか？」

「見つかりはしましたが、死体としてです。十八日の夕方、多摩川に浮かんでいたのを発見されて、蒲田署で扱っていたんです。死んだのは、十七日の深夜から十八日の早朝にかけてだろうということです」

「死んでいたんですか」

「今のところ、自殺とも、他殺とも判断がつきかねているようですが――」

「他殺の線が濃い――?」

「そうですね。遺書も見つかっていませんから」

と、いってから、亀井は、言葉を続けて、

「私も残念ですよ。彼女が生きていたら、殺し屋のことも、明らかになったはずですからね。今度の京都行きで、中島保之が、誰を狙うつもりだったかも、わかったと思いますよ」

電話のあと、有田は、若い矢代刑事を連れて、ステーションホテルに、由紀子を訪ねた。

ステーションホテルは、事件のあったニュー・古都ホテルとは反対側の北口（烏丸口）にあった。由紀子が泊まっている部屋には、夫の遺骨があった。

「これを持って、明日早く帰るつもりです」

と、由紀子は、有田にいった。

有田は、その遺骨に、手を合わせてから、

「後藤冴子という女を、ご存じありませんか？」

と由紀子にきいた。

「いいえ。知りませんけど」

由紀子が、首を振った。しかし、反応の早さが、逆に、知っていることを示しているように、有田には、思えた。

旅先で夫が死んだのだ。それも、病死や事故死でなく、殺されたのである。それに関連して、警察が質問したのだから、「その人は、どんな人なんですか？」と、きくのが当然だろう。

そうした質問をせずに、いきなり、知らないといったのは、後藤冴子をよく知っているからではないのか。

「彼女は、ご主人と関係のあった女性です」

有田は、相手の反応を見るようにしていった。

「知りませんわ。そんなことは」

「彼女は、ご主人が秘蔵していたアメリカのライフル銃を持っていました。優秀な狙撃銃で、もちろん、所持を禁止されている銃ですが、ご主人は、それらしい話をしたことはありませんか？　沖縄で入手したと思うんですが」

「そういえば、すごい銃を手に入れたといって喜んでいたことがありましたわ。あの人は、すごいガン・マニアでしたから」

と、いってから、急に、声をひそめて、

「井上警部さんは、主人が誰かを銃で狙う気で、あのホテルに泊まったといってましたけど」

「一年前、ご主人とあのホテルに泊まったことがありますか？」

「いいえ」

「ご主人は、よくひとりで旅行されたようですが、心配じゃなかったですか。特に女性関係で」

「いいえ。別に。別に、心配したことはありませんけど」

「そうですか」

急に、有田は、考える眼になってしまった。

「私は、一刻も早く、主人の遺骨を持って、東京に帰りたいんですけど、構わないでしょうね？」

「あと一日待ってください」

「なぜ、すぐ帰ってはいけないんですか？」

由紀子の声が険しくなったが、有田は、

「とにかく、今日一日は、待ってください」

と、いった。

8

その夜の捜査会議で、有田は、

「どうも、中島由紀子の態度には、わからないところがあります」

と、井上警部にいった。

若い矢代刑事は、首をかしげて、

「私には、よくわかりますね。彼女は、夫を信じていたからこそ、夫が、ひとりで勝手に旅行に出かけても、全然、疑うことをしなかったんじゃありませんか？　いい奥さんだと思いますが」

「違うね。愛し合っている夫婦が、お互いを無条件に信じるというのは、よくわかるさ。だがね。中島のほうは、後藤冴子という女を使って、由紀子を裏切っているんだ。由紀子も、それを知っている。それでもなお、夫を愛しているとすれば、夫がひとりで旅に出るたびに悩み、苦しむはずだよ。女と一緒でないかと嫉妬するほうが、自然なんだ」

「君のいいたいことを話してみたまえ」

と、井上警部が、口をはさんだ。

有田は、井上に、視線を向けて、

「だから、私は、由紀子の態度は、不自然と思うのです。彼女は、すでに夫を愛していなかったか、憎んでいたに違いありません。自分より若い女に、夫をとられたわけですからね。それなのに、冷静なのは、何か企んでいたからだと思うのです」

「君は、由紀子が、夫の中島を殺したとでもいうのかね？」

「そうじゃないかと、思うようになって来たんです」

「しかしねえ。中島保之が、殺し屋で、広野健太郎を狙撃しようとしていたという推理は、どうなるのかね？」

「由紀子に、一杯食わされたのかもしれません」

「どういうことかね？　違うとすれば、中島の奇妙な行動を、どう説明するのかね？」

「それについて、いろいろと考えてみました。一見、奇妙に見えたのは、われわれの錯覚ではなかったのかと」

「錯覚？」

「そうです。中島の行動を一つ一つ考えてみました。宿泊カードに、偽名や、ニセの住所を書く泊まり客は、彼だけではありませんし、旅行に、双眼鏡を持って行く人も、ないわけじゃありません」

「確かにそうだが、スーツケースの中の砂袋は、どう説明するね。あんなものを持って歩く旅行者は、いないんじゃないかね？」

「確かにそうです。それに、東京で、中島工務店の社員の一人が、中島が旅行に行くとき持っていくスーツケースは、ひどく重かったと証言しています。しかし、砂袋は、彼を殺した人間が入れたのではないかと思うのです。われわれを、妙な推理に導くためにです」

「すると、前には、何が入っていたと思うんだね？　M4ライフルかね？」

「とんでもない。恐らく、鉄亜鈴です」

「鉄亜鈴？」

「中島は、すでに中年です。若い後藤冴子に対して、その点で肉体的にひけ目を感じ、一生懸命に、体を鍛えようと、涙ぐましい努力をしていたんじゃないでしょうか。そんな男が、旅行先にまで、鉄亜鈴を持って行き、体を鍛えるというのは、考えられないことではないと思うのです。これは、中島のことをもっとよく調べればわかると思います」

「中島の手帳に書かれていた、午後七時前後の下りひかりの時刻表は？」

「後藤冴子が、七時頃のひかりで、あとから来ることになっていたんだと思います」

「では、広野健太郎は、どうなるのかね？」

「それは、明らかに偶然です。京都には、撮影所もあるし、劇場も多いですから、有名タレントも集まります。午後七時頃の下りひかりで、京都を発つタレントもいるでしょう。広野健太郎が、たまたま、それに一致したというだけだったのです。われわれの勘違いです」

「中島が、四二六号室に拘《こだわ》ったのは？」

「彼が、フロントにいったとおり、一年前、夫婦で泊まった部屋だったからでしょう。しかし女は、妻の由紀子じゃなくて、後藤冴子だったに違いありません。もちろん、また、あのホテルの四二六号室で、彼女と落ち合うことになっていたに違いありません。由紀子は、彼女の存在を知って、前々から、夫を殺す気になっていたのだと思います。夫が、ガン・マニアだということも、スコープつきのM4ライフルを手に入れたことも知っていたんでしょう。そして、ニュー・古都ホテルの四二六号室に泊まったのを知って、今度の計画を立てたに違いありません」

「しかし、由紀子には、確固としたアリバイがあるよ。彼女は、七時に東京からホテルに電話して、夫を呼んでくれといった。それを受けて、フロント係が、部屋に行ったとき、助けてくれという叫び声が聞こえ、マスターキーを使って中に入ったところ、中島保之が死んでいたんだからね」

「由紀子は、東京から電話したんじゃありません。恐らく、あのホテルからです。ホテルのロビーには、公衆電話があります。由紀子は、それを使って、ホテルのダイヤルを廻し、東京からだといったに違いありません。由紀子は、夫が、あのホテルで、後藤冴子と会うのを知って、自分も名前をかくして、同じホテルに泊まったのです。四二六号室の真上の五二六号室に入ったに違いありません。そうしておいてから、四二六号室を訪ねます。中島は、びっくりしたでしょうが、中へ入れました。そして、何か話しているうちに、由紀子は隙を見つけて、毒を塗った針を、夫の首筋に突き刺して殺したのです。ワイシャツ姿の中島を俯せに寝かせ、肩をもむふりをして、刺したのかもしれません。そうしておいてから、スーツケースの中の鉄亜鈴を、用意して来た砂袋と入れかえたのです。これが六時少し過ぎじゃなかったでしょうか。そのあと、由紀子は、ロビーに出て、七時に電話したのです」

「なぜ、そんな面倒なことをしたんだろう？」

「理由は二つあると思います。一つは、ただ殺したのでは、動機の点で、すぐ由紀子が疑われるからです。もう一つは、アリバイ作りです」

「アリバイは、ホテルの電話を使って作ったんじゃないのかね？」

「もう一つ。フロント係が聞いた助けてくれの声です。由紀子は、夫を殺したあと、部屋の窓を開けました。そうしておいて、真上の自分の部屋から、拡声器を下げたのです。そうしておいてから、ロビーで、電話をかけました。それから、自分の部屋に駈け戻り、マイクで、助けてくれと叫んだのです。そうして、すぐ、拡声器を引きあげたわけです。この細工をするためには、どうしても、四二六号室の窓を開けておく必要があります。普通の泊まり客なら不自然ですが、狙撃者ならおかしくはありません。由紀子は、何くわぬ顔で、東京に帰りました。遺体を引き取りに来た彼女が、夫の死んだニュー・古都ホテルに泊まりたがらなかったのは、自分の顔が、フロントに知られていたからだと思います」

「しかしね。フロント係が聞いたのは、男の声だよ」

「マイクを通る声は、実際の声とは違って聞こえますし、フィルターを通し、低くなるようにいえば、男の声に聞こえると思います。もともと、彼女の声は、低いほうですし、フロント係は、頭から、あの部屋にいるのは、男だと思い込み、その気持ちで聞いたに違いありません」

「四二六号室の真上の部屋が空いてなかったらどうするつもりだったと思うね？」

「そのときは、マイクを使ったアリバイ作りはできませんが、その他のことは可能だったはずです。多分、それでも、われわれは、同じように誤魔化されたと思います。東京で、後藤冴子が溺死していますが、これも、由紀子の犯行だと考えています」

＊

捜査は、やり直されることになった。

ニュー・古都ホテルのフロント係が、十六日から二日間、由紀子が偽名で泊まったことを証言し、彼女も、犯行を自供した。

二十日の夜になっていた。

有田は、花を買って、家に帰った。

若い愛の終り

1

夜の町を警ら中だった沢木巡査は、街灯の中に泳ぐように飛び出してきた人影を見て足を止めた。

男、というより少年だった。真っ赤なセーターにコールテンのズボンという格好だが、沢木巡査がはっとしたのは、少年の右手にナイフが握られていたことだった。よく見ると、白いコールテンのズボンには赤いものが点々としている。セーターは赤いのではっきりとはわからないが、おそらく同じものがついているに違いない。

(血だ)

と判断したとき、沢木巡査はほとんど反射的に、少年に飛びついてナイフを持っている手を押えていた。

少年は抵抗しなかった。その細いからだは沢木巡査の腕の中でぐにゃぐにゃとくずれそうになった。顔には血の気がなく、くちびるはかわいていた。そのことが事態の重大さを示しているように思え、沢木巡査は少年のからだを乱暴に揺すぶって、

「おいっ」

とどなった。

「何をやったんだ?」

「ボクは奥さんを――」

少年はあえぐようにいった。

「奥さん?　どこの奥さんだ?」

「榊原の奥さんを、ボクは――」

沢木巡査は、榊原という名前に記憶があった。確か、五〇〇メートルほど先に榊原鉄工所というかなり大きな町工場があったはずだった。

「榊原鉄工所か?」と沢木巡査がきくと、少年は、こくんとうなずいた。

「その奥さんをどうしたんだ?」

「ボクは――殺しちまった」

と少年はいった。

2

榊原鉄工所のそばに社長の私宅があった。そこに警官が駆けつけたとき、社長夫人の榊原時枝はすでに魂切《こと》れていた。リビングルームの床にころがっていた死体は、胸から腹部にかけて何カ所もナイフで刺され血に染まっていた。死体にはなれているはずの警官も顔を見合わせて「ひどいな」といった。死体の近くには買い物かごと、それからこぼれたらしいパンやミカンやインスタントラーメンの袋が散乱していた。おそらく、買い物から帰ってきたところを刺されたのだろう。

近所の話では、主人の榊原大造と娘の冴子はきのうから郷里の徳島へ帰っているという。殺された細君の時枝も同行するはずだったが、何かの都合で残ることになったらしい。そうした聞き込みから、警察が立てた憶測はこういうことだった。

犯人の少年は、留守を知って榊原家に忍び込んだ。だが、家の中を物色している最中に、被害者の榊原時枝が買い物から戻ってきた。とがめられた少年は、夢中で相手を刺し殺した。

少年は、それを認めた。

尋問に当たった大森署の田島刑事は、警察の考えが当たっていたことに、やっぱりかと思いながら、同時に少年の素直さに意外な感じも受けた。このくらいの少年が、一番手を焼かせるものなのだが。

少年の名前は白石利夫。十八歳。榊原鉄工所の工員だった。

田島刑事は、そうした少年の自供を聞きながら、ありふれた事件だなと思った。社長宅に侵入。そんな記事を、二、三日前にも読んだような気がした。恩や義理という観念は、今時の若者にはないのだろう。社長だから金を持っているに違いない。だから盗みに入る。それだけのことなのだろう。

田島はまゆをしかめて、目の前の少年をながめた。額の真ん中に大きなニキビが一つ出来ている。鼻の下には薄くヒゲがはえかかっている。普通なら、そうしたおとなになりつつあるシルシはほほえましく感じられるのだが、殺人がからんでくると妙に生臭く見えてならない。

「動機は金だね？　金を盗みに入ったんだろう？」

田島がきいた。白石利夫は、ぼんやりした目を向けた。

「ボクにはわからない。どうして彼女は――」

「人を殺しておいて、わからないということがあるか？」

田島はどなりつけたが、どなってしまってから、白石利夫がひとりごとをいったらしいことに気がついた。少年は田島の質問をきいていなかったのだ。

「彼女というのはだれのことだ？」

田島は、少年の顔をのぞき込んだ。

「殺した榊原時枝のことだな？」

「――――」

白石利夫は返事をしない。急に堅い殻に閉じこもってしまった感じだった。すらすらと自供していたのがうそのように沈黙してしまった。田島は、なぜ急に少年が黙りこくってしまったのかわからずに当惑したが、必要な自供はもう取ってしまったと考えて、尋問を中止した。あとは自供の裏付けをすることだけだった。

翌日、田島は沢木巡査を連れて榊原鉄工所へ足を運んだ。人事課長に会ってきくと、人のよさそうな中年の課長は、

「あの子に限って、そんな大それたことをするとは信じられませんが」

と当惑した表情を見せた。同じような言葉を、田島は何度となく聞かされていた。うちの子に限って、主人に限って、家内に限ってと、だれもがそういうのだ。だが現実に犯罪が生まれている。

「あの子は、おとなしくて、よく働く子なんですがね」

「まじめな人間でも人を殺しますよ」

「それに刑事さん」

と人事課長はまだいった。

「あの子はうちの社長と同じ徳島から去年高校を卒業してやって来たんです。同郷ということで社長にはかわいがられて、よく家に呼ばれたりしていたんですがねえ」

その言葉で、田島は少年の言葉になまりのあったのを思い出した。あれは徳島のなまりだったのか。だが、だからといって田島は少年に同情は感じなかった。

「白石利夫は、最近金に困っていませんでしたか？」

「そんなはずはありませんよ」

「はずはない？」

田島はまゆを寄せた。

「なぜ、断言できるんですか？」

「あの子は貯金しているからです。通帳は私が預かっていますから、お見せしますよ」

人事課長は、机の引き出しから銀行の預金通帳を取り出してきた。確かに白石利夫の名前になっている。預金は去年の六月から始まっていて、毎月きちんと六千円ずつ、トータルは丁度六万円になっている。田島は沢木巡査と顔を見合わせてしまった。

(動機は金ではなかったのだろうか？)

だが、なぜナイフまで持って忍び込んだのか。田島は、少年のひとりごとを思い出した。ボクにはわからない。どうして彼女は――そう少年はつぶやいたはずである。あれはどういう意味なのだろうか。田島は、留守だと思って忍び込んだのに、榊原時枝がふいに買い物から帰って来たことをいっているのだと解釈したのだが、違っていたのだろうか。

ふと、暗い想像が田島の頭をかすめた。殺された榊原時枝と少年の間に何か関係があったのではあるまいか。それを清算するために、少年ははじめから女を殺す目的で忍び込んだのか。

田島は頭を小さく横にふってから「白石利夫の部屋を見せてもらえませんか」と人事課長にいった。

3

その寮の一室は妙にがらんとしていた。机があり、安物のギターがぶら下がっていたが、目に入ったのはそれぐらいのものであった。

机の引き出しを調べた。が、殺人の動機を証明しそうなものは何も見つからなかった。もし、身分不相応な身の回りの品でも見つかれば、社長夫人との情事の証拠になるのだが、それらしいものは一つもなかった。

押し入れもあけてみた。ふとんと小型の扇風機がほうり込んであるだけだったが、沢木巡査が念のためにふとんを引っ張り出すと、ふとんとふとんの間からこぼれ落ちたものがあった。

皮表紙のカギのかかる日記帳だった。開こうとしたが、カギがかかっている。もう一度机の引き出しをかき回してみたが、それらしいカギはなかった。

「ナイフでもあると、こじあけられるんですがね」
と沢木巡査がいった。結局、工場からドライバーを借りてきて、それでこじあけた。
日記は、一月四日から書き始められていた。田島は、飛び飛びに読んでいった。
一月四日
S・Sと日記をつけることを約束する。絶対に正直な気持ちを書くこと。お互いに日記を見せ合うこと。それが二人の愛情を確認し合うことになる。
一月十六日
S・Sと映画に行った。並んで腰をおろしてから、僕は無性に彼女の手を握りたくなった。でも何となくこわくて出来なかった。なぜこわいのか僕自身にもわからない。きっと彼女が美し過ぎるからだろう。家の前まで来たら彼女が「サヨナラ」といって手を差し出した。握手。彼女の指は細くてひんやりしていた。
二月三日
S・Sは今高校三年だ。大学の受験勉強をしている。そのことが僕を不安にする。彼女が大学へ行ったら僕はどうすべきだろうか。僕もやはり大学へ行くべきだ。夜間でも大学を出ていなければ、彼女と釣り合いがとれない。来年、N大の夜間を受けること。

二月十六日

S・Sは受験勉強。映画見物の約束はだめになる。不安だ。

二月二十六日

きょうからK大の入試。S・Sは社長の運転する車で試験場に出かけた。受かってほしい気持ちと落ちればいいという気持ちと交錯する。

三月十六日

S・SはK大に合格。おめでとう。でも不安だ。彼女の回りには大学生が集まるだろう。僕のことを忘れてしまうのではないだろうか。

三月二十二日

僕の日記をS・Sに見せる。僕の不安を知ってもらいたかったからだ。彼女は笑いながら読んでいた。君のも見せてくれと頼む。そのうちにねという返事。何か変だ。

三月二十五日

S・Sは日記を見せてくれない。どうしても見たい。見て、彼女が僕をどう思っているのか知りたい。

三月二十八日

S・Sの日記を見たい。どうしても見たい。どうしても。

日記は三月二十八日で終わっていた。そして二日後の三月三十日に事件が起きている。

「確か被害者の娘の名前が榊原冴子だったね」

田島は沢木巡査を見ていった。

「S・Sか。その日記を見るためにナイフを持って忍び込んだのか。だが、見つかったからといって殺す必要はなかったろうにな」

「無性に恋しかったんでしょう」

と若い沢木巡査は暗い顔でいった。

「何となくわかるような気もしますが」

4

調べ室から出て来た田島は、廊下に待っていた沢木巡査に、

「認めたよ」

と、肩をすくめて見せた。

「やはり榊原冴子の日記を見たくて忍び込んだと認めたよ」

しゃべりながら田島は、少年のあのひとりごとは日記のことだったのだなと思った。

なぜ、恋人の榊原冴子が約束通り日記を見せてくれなかったのか、つかまってからも
それを考え続けていたのだろう。

「それで彼は、恋人の日記は見たんですか？」

沢木巡査がきく。田島は「いや」とくびを横にふった。

「どんな刑も覚悟しているから、彼女の日記を見たいといっている」

「私が借りて来ましょう」

と沢木巡査は田島にいった。

「殺人犯ですが、なんとなく彼がかわいそうな気がするんです」

沢木巡査は、自分の感傷的ないい方に照れたのか、あわてて付け加えた。

「それに、私自身も興味がありますからね」

沢木巡査は部屋を飛び出していった。戻って来たのは一時間ほどたってからだった。

部屋に入って来たとき、ひどく暗い顔をしているのに田島は気がついた。

「だめです」

と沢木巡査は田島に疲れた声でいった。

「榊原冴子の日記は見せない方がいいです。彼には残酷ですから」

「そんな気持ちが書いてあったのかね？」

「いえ」

と沢木巡査はいった。

「一ページも書いてなかったんです。入試で忙しくて」

解説

山前　譲

すでに五百冊を超えた、西村京太郎氏の作品に登場する警察官といえば、やはり十津川警部と亀井刑事をトップとする部下たちである。全国四十七都道府県を事件でめぐる徳間書店版〈十津川警部　日本縦断長篇ベスト選集〉でも、警視庁捜査一課十津川班の精力的な捜査活動は明らかだ。

だが、西村作品で活躍する警察官は、十津川班の面々だけではない。若手からベテランまで、さまざまなキャラクターの刑事たちが、これまで数多くの難事件に立ち向かってきた。本書はそうした警察小説を七作まとめての一冊で、そのうち一作はここに初めて収録される短篇である。

「夜の牙」(「小説宝石」一九七六・十　角川文庫・廣済堂文庫『怖ろしい夜』収録)では、二十六歳の新任刑事とコンビを組むことになった、ベテランの安田刑事の個性が光っている。捜査一課長に、「今日から、この三井刑事と組んでくれ。君に何をして貰いたいか、わかっているな?」と問われ、「この坊やを、若死にさせないようにすればいいんでしょう」なんて、洒落た返事をしているのだから。

その坊や、いや三井刑事の最初の事件は、じつにショッキングなものだった。被害者の女性の無惨な姿には、安田も眉をひそめるほどである。そして十日後、また同じような事件が起こった……。ベテラン刑事の鋭い推理と、新米刑事の成長ぶりが見事に融合している。そして、現代ミステリーを先取りしたような事件とその真相にも注目したい。

ベテランと若手の対比に、西村氏は惹かれていたようだ。「密告」(「小説現代」一九七六・六　講談社文庫『午後の脅迫者』収録)の佐々木も、若い部下に声をかけられて、〝まだ、挫折ということを知らない眼が、キラキラと輝いている。私の眼は、多分、疲労で濁っているだろう。昨夜、詰らないことで、妻とやり合った。その後遺症だ。中年になると、寝不足はこたえる〟と嘆くのだった。刑事もひとりの人間なのである。

しかし、捜査となれば話は別だった。トリッキーな事件の謎を解くのは、やはりベテランの佐々木なのだ。その人柄のうかがえるラストが印象的である。主任である佐々木は「二一・〇〇時に殺せ」(「別冊問題小説」一九七六・七)にも登場し、「警部補・佐々木丈太郎」シリーズとしてテレビ・ドラマ化されている。そして、本書に収録されている「夜の牙」に登場の佐々木警部が、はたして彼の出世した姿なのかどうか、ちょっと推理してみるのも一興だろう。

「狙撃者の部屋」(「別冊小説宝石」一九八〇・五 光文社文庫・講談社文庫『殺人はサヨナラ列車で』収録)の有田刑事も、妻ともめていた。別れ話が持ちあがり、夜明け近くまで、ごたごたしていたのだ。しかし、事件発生となれば、プライベートは忘れるしかない。

京都駅南口にほど近いホテルが、奇妙な事件の現場だった。宿泊客に電話があったが、応答がない。フロント係が部屋の呼び鈴を押そうとした時、中から「助けてくれ!」という声が聞こえた。あわててマスターキーで入ってみると、床に客が倒れている。もう顔は土色に変わっていた。病死? 殺人? そしてスーツケースには、なぜか重い砂袋が……。

三十五歳の有田は、元気のいい独身若手刑事とコンビを組んで、巧妙な犯罪計画を暴いていく。彼らの捜査を、あのベテラン刑事が助けているのは、西村ファンにとっては嬉しい趣向だ。

ラジオのリクエストが死を招く「私を殺さないで」（「推理」一九七一・十一 廣済堂文庫・角川文庫『夜ごと死の匂いが』／双葉文庫『秘めたる殺人』収録）も、ベテラン刑事の活躍である。

事故とも殺人ともはっきりしない死を、警視庁の三崎刑事がひとり、粘り強く調べていく。やがて彼は伊豆半島へと捜査の足を延ばす。西村作品ではお馴染みの舞台にも注目だ。

終盤になって、矢部警部という三崎の上司が登場するが、同姓の警察官が西村作品のそこかしこに顔を出しているのに、気付いている読者も多いことだろう。はたしてみんな同一人物なのかどうか、これもちょっと推理してみたいテーマだ。

警察学校を出たばかりの巡査が勤務している派出所に、「助けて下さい」と若い女が飛び込んできたのが、「アリバイ」（「推理ストーリー」一九六六・十 廣済堂文庫・角川文庫『殺しのインターチェンジ』／双葉文庫『海辺の悲劇』収録）の発端である。

女に案内されて巡査が渋谷のマンションに駆けつけてみると、鍵のかかった一室から銃声が！　巡査が拳銃で鍵を壊して入ってみると、拳銃を手にした男がぼんやりと立っていた。俺は、奴を殺してやったんだ――。動機も犯行方法も明らかな事件だったが、捜査を担当した沢木警部補の前に、不可解な謎が立ちはだかる。

推理小説において刑事の活躍は欠かせないが、実際の犯罪捜査でももちろん、捜査の最前線には刑事がいる。きちんとした定義があるわけではないが、一般的には、私服で刑事事件の捜査を行う警察官のことである。そして、「刑事」になるのは簡単なことではないのだ。

警察官採用試験に採用されると、警察学校において一定期間、研修を受ける。その様子は長岡弘樹『教場』（二〇一三）で描かれているが、かなり厳しい。それを修了すると「アリバイ」にあるように、まずは交番に配属され、街の安全を守る。

交番では、道案内や落とし物の処理に追われるかもしれないが、空き巣や指名手配犯を捕まえる機会があるかもしれない。そこで刑事としての資質が認められると、所轄の刑事部門に引きあげられる。そこで実績を上げたならば、警視庁捜査一課のような警察本部の刑事部に配属されるのだ。

新大阪駅に着いた新幹線の網棚にあったトランクから、女性の首なし死体が発見されるのは「死を呼ぶトランク」(「推理ストーリー」一九六五・十二　廣済堂文庫・角川文庫『消えたドライバー』／双葉文庫『海辺の悲劇』収録)である。ベテラン刑事が東京に出向き、捜査を進めていく。

トランク詰めの死体というと、鮎川哲也『黒いトランク』(一九五六)や松本清張『死の発送』(一九八二)が思い浮かぶが、ここではなぜトランクに死体が入っていたかが、犯人追及の決め手となっている。

「若い愛の終り」(「徳島新聞」一九六八・三・二十四)は、本書が初収録の短篇である(初出データは戸田和光氏の調べに拠った)。一見、ありふれた殺人事件だったが、ちょっとした疑問から刑事は、事件の背後にある真実を知ってしまう。それは結末には影響しないものだったが、じつに切ない。そこに、『四つの終止符』(一九六四)や『天使の傷痕』(一九六五)といった初期長篇に相通じる、社会の矛盾に向けられた視線を感じる。

職務として犯罪を捜査するのが刑事である。時には、ひとりの人間として、何か悩みを抱えていることもあるだろう。だが、犯罪の現場に立てば、事件解決という使命に燃えるのだ。本書に収録された短篇に登場する刑事たちも、もちろん例外ではないのである。

二〇一三年九月

この作品は徳間文庫オリジナル版です。
なお本作品はフィクションであり実在の個人・団体などとは一切関係がありません。

徳間文庫

刑事《けいじ》の肖像《しょうぞう》

西村京太郎警察小説傑作選

2013年10月15日 初刷

著者 西《にし》村《むら》京《きょう》太《た》郎《ろう》
発行者 岩渕徹
東京都港区芝大門二―二―一 〒105―8055
発行所 株式会社徳間書店
電話 編集〇三(五四〇三)四三四九
販売〇四八(四五一)五九六〇
振替 〇〇一四〇―〇―四四三九二
印刷 凸版印刷株式会社
製本 株式会社宮本製本所

ISBN978-4-19-893753-9 (乱丁、落丁本はお取りかえいたします)